Pérolas da Infância

EME
EDITORA

Edição e distribuição

EME
EDITORA

Caixa Postal 93 – CEP 13360-000 – Capivari-SP
Fone: (019) 491-3878 – Fax: (019) 491-2165

Luiz Gonzaga Pinheiro

Pérolas da Infância

Capivari-SP
— 1996 —

Pérolas da Infância
Luiz Gonzaga Pinheiro

1ª Edição – Outubro/1996 – 5.000 exemplares

Capa:
Nori Figueiredo

Arte-Final, Revisão e Diagramação:
Editora EME

Ficha Catalográfica

Pinheiro, Luiz Gonzaga.
Pérolas da Infância, Luiz Gonzaga Pinheiro,
1ª Edição - Outubro 1996, - Editora Eme, Capivari-SP.
142 p.
1 - Espiritismo
2 - Crônicas e Comentários Espíritas

CDD 133.9

Dedicatória

Dedico este livro ao meu velho pai.
Companheiro de muitas madrugadas
e de muitas chuvas, de quem aprendi,
que quando as palavras valem menos
que o silêncio, é melhor que se fique
em silêncio.

Uma pérola é um templo construído pela
dor em torno de um grão de areia .

Khalil Gibran

Índice

Introdução

Esse é um livro diferente. É o livro da minha vida. Cada página traz o passado de volta em forma de lembranças vivas, e coloco-me nele como se fosse um caçador de pérolas para o imenso colar da imortalidade.

É emoção em forma de alfabeto, ou como diriam meus filhos em seu linguajar jovem, "nitroglicerina pura." Por esse motivo, não é em nada diferente das vivências de cada um, posto que tristezas, medo, alegrias, coragem, sonhos, emoções... fazem parte do cotidiano de qualquer habitante deste planeta aquoso.

Aqui relaciono momentos de minha vida com os ensinamentos espíritas, esclarecendo o quanto eles podem servir como suporte para todos os instantes de crise ou de êxtase, de lágrima ou de riso, distância muito curta para ser medida com instrumentos materiais. Essa distância, só o coração do homem pode precisar, só o amor pode mudar, estancando o rio dos olhos ou descontraindo os músculos da face em um milagre chamado sorriso.

Os temas aqui desenvolvidos são fragmentos de um passado que guardei em minha intimidade e que torno público, não porque seja uma personalidade importante que provoque curiosidade, mas porque são momentos de rara beleza, lapidados pela doutrina em que mais tarde tive a imensa felicidade de aprofundar-me. As personagens do livro são meus familiares, tropeiros, carvoeiros, militares, prostitutas, mendigos, alcoólatras... pessoas com as quais convivi no abençoado balcão do boteco do meu pai. Este livro está impregnado de saudade. Uma saudade cheirosa como as roseiras que minha mãe plantava, acolhedora como a minha primeira carteira escolar.

Acho que você, leitor, vai se identificar e se transportar para um tempo em que foi mais feliz: a sua infância. Um tempo tão mágico, que não nos permite identificá-lo como tal. O tempo da turma, da bola, da preguiça, da primeira namorada, das peraltices nossas de cada dia. Um tempo em que Espiritismo era coisa para gente grande. Mas um tempo que às vezes marca tão profundamente que, passados muitos anos, ainda sabemos contar de maneira colorida as pérolas que nele encontramos.

Boa viagem ao passado. Neste mar de páginas não há furacões. Apenas saudades e sonhos.

1

LOUVAÇÃO

Deus me louva quando pratico o bem, mas ama-me quando o canto.

Tagore

Borboletas Brancas

Meu pai adorava borboletas brancas. De tanto vê-lo cultivá-las e admirá-las, também passei ao mesmo hábito e procuro, quando o tempo me permite, exercitá-lo. Todas as noites, meu pai retirava uma borboleta branca perfumada e refrescante e a colocava no quadro do Senhor, em substituição a uma borboleta já murcha. Era a sua devoção. Gostava de borboletas e gostava do Senhor. Às vezes o surpreendia olhando o quadro na parede. Lá estava o mestre com seus olhos azuis, cabelos castanhos quase avermelhados e repartidos ao meio, barba bem harmônica com o seu rosto. Mas o Senhor, apesar dos olhos azuis e belos, demonstrava uma tristeza que nunca me lembrava prazeres materiais, nem que fosse o jogar futebol, que eu gostava tanto. Quando olhava para Ele, eu lembrava que poderia perder meus pais, crescer sem trabalho, morar com a fome, acabar o mundo...

Nem mesmo sabia por que o Senhor para mim estava

relacionado com tais lembranças. E hoje, que já se passaram trinta ou mais anos, enquanto eu estava colhendo uma borboleta branca para o Senhor, lembrei estas coisas de minha infância. Talvez porque seja natal, e o natal para mim seja melancólico, eu tenha lembrado, revivido, ressofrido os dramas infantis.

Contudo, o olhar do Senhor hoje não tem mais a severidade da acusação que eu identificava quando moleque. O olhar do Senhor está repleto de harmonia, de convites ao trabalho, de incentivo às reformas interiores, de conselhos de paz.

Meu pai nunca me pareceu menos rude quanto hoje, e agradeci comovido o seu velho hábito de cultivar borboletas e oferecê-las ao Senhor, naquela mudez que lhe era tão peculiar. Lembrei também meus filhos, que não convivem comigo e não podem observar essa herança que meu velho tão fortemente deixou impressa em minha mente. A borboleta nunca me pareceu tão perfumada e imaculadamente branca, nem o Senhor tão misericordiosamente acolhedor como hoje. A borboleta me pareceu um milagre. Um milagre da terra, da árvore, do trabalho, da chuva... da natureza, enfim. E o Senhor? Ah! O Senhor! Como conseguir palavras para traduzir sua augusta beleza?!

Louvação

Louvar a Deus é obrigação de todos nós que lhe recebemos as dádivas. Mas esse louvor deve ser dinâmico e produtivo. Aquele que trabalha honestamente assim o faz. Outro que pesquise os enigmas da natureza devassando com sua mente os elementos e as ciências, colocando o resultado de suas buscas à disposição da saúde e da harmonia da sociedade, também cumpre tal desiderato.

Louva-se a Deus na ciência, na filosofia, nas artes, na religião, pois tudo isso é trabalho. Só não se concebe a louvação pela preguiça, pois esta não é característica das obras divinas. É criação humana, digna da inferioridade que a envolve. Nada na natureza recusa o esforço para manter-se em utilidade. Sementes há que, esquecidas por séculos em condições hostis, diante de algumas gotas de água que fertilizem o solo, entram em dinamismo na busca da sobrevivência[1]. Que razão haverá no fundo da alma de um homem para que ela se mantenha na imobilidade da preguiça? Por que alguém se afasta de Deus e de seus planos, por vontade própria, abdicando dessa condição de filho do trabalho, tornando-se filho da preguiça? Que pensaria tal habitante observando uma simples formiga a colaborar na obra divina? Aquela folhinha que ela carrega nas costas não incomoda a sua consciência? Mesmo que ele se fixe apenas na pequenina folha, alimento a ser repartido na colônia, não se envergonha da existência da fotossíntese, graças à qual os vegetais trabalham e se mantêm? Cada recanto da natureza é um apelo ao trabalho.

Nada consegue negar a Deus a sua cota de participação no plano da vida. Apenas o homem tenta a fuga, imobilizando-se na indiferença pelo progresso, contaminando-se de ingratidão por quem o auxilia em tudo. Mas Deus ao criar o homem já sabia do que ele seria capaz, ao premiá-lo com o livre-arbítrio. A liberdade é como um leque de onde divergem diferentes atalhos, alguns com estação no cárcere. A liberdade é para quem conhece seus limites. Sem conhecê-los, é início de luta para conquistá-la. Não existem prisões eternas, nem penas perpétuas. Os caminhos da liberdade cujos atalhos levam ao porão são fases de aprendizagem para a conquista e o exercício da liberdade. O homem é livre, tem bússola, sabe o caminho e se perde. Não é assim que procedem os humanos? Aquele que veio, ensinou, amou, sofreu e foi livre, não deixou o roteiro seguro da liberdade? Que motivos nos impedem de sermos livres? Dois dos mais assíduos vilões têm a chave de nossos cárceres: orgulho e egoísmo. Essa dupla companhia é responsável pela superlotação das prisões da terra. Falo também,

(1) -(N.E.) Sementes de trigo, encontradas no túmulo de um faraó e depois plantadas, vingaram.

e mais ainda, das prisões em si, da repetida romaria ao mesmo planeta, por si só grande penitenciária, pelos hábitos que cultiva. A humildade e a caridade, seus antípodas, formam pequenas ilhas de liberdade, de alargamento forçado em seus limites pela lei de evolução.

Cada habitante terreno tem uma descendência, uma paternidade. Ninguém é órfão de Deus. Todavia, muitos preferem a lama dos vícios e das paixões vulgares, ao lago tranqüilo dos deveres retamente cumpridos. Recebem a liberdade e confundem--se com ela, embriagam-se com suas possibilidades, deixam-se atrair por faíscas nos atalhos, decepcionando-se quando eles terminam em despenhadeiros profundos. Então já não são livres. São prisioneiros da dor que os libertará. Assim é a liberdade. Não tolhe ninguém em suas iniciativas. Por isso tem esse nome. Para conquistá-la, o discernimento tem papel fundamental na escolha dos caminhos. Em tudo devemos louvar a Deus. Não falo de negociatas, de promessas, de adulação ou pieguismo. Discuto a gratidão, a solicitude, a imensa ternura com a qual Deus revestiu a sua obra, toda ela fundamentada no amor e na liberdade. Todo aquele que se esquece de louvar a Deus através do seu trabalho ou de sua arte é filho ingrato que desdenha os benefícios que recebeu.

Para o exercício da louvação não se exige clausura nem falso moralismo, disfarçado em respeito às tradições e aos bons costumes. Basta trabalhar com honestidade, respeitar os direitos do próximo, amar a vida. Toda boa ação é uma prece. Todo bom pensamento, um ato de louvor. O resto é mera formalidade. Alguém que trabalha em consonância com o progresso individual e coletivo, é alguém que participa do plano evolutivo de Deus. Alguém que estuda, pesquisa, descobre, cria para o bem, é ajudante de Deus, pois Deus age através de nossas mãos e do nosso pensar. Todavia, necessitamos às vezes de momentos mais íntimos para falar com Ele. E é então que oramos, confidenciamos, procedemos à catarse, aliviando a alma das correntes pesadas que a vivência no mundo nos impõe. Atendemos nesses instantes ao conselho de Jesus: "Vinde a mim, todos vós que estais aflitos e sobrecarregados, e eu vos aliviarei", pois sabemos ser verdadeiro o seu desejo de acalmar-nos. O homem sempre sentiu o desejo desse contato.

A busca por Deus sempre foi constante em qualquer época ou civilização. O Espírito sempre esteve ligado à sua origem por invisíveis laços afetivos, mesmo quando tentou a fuga por atalhos opostos. Quando saturado de prazeres materiais é que sentia sede de Deus mais intensamente. É impossível a existência sem Ele, por nada existir fora d'Ele. Portanto, saturemo-nos de Deus e vivamos na paz.

Evangelho no Lar

Um dos momentos mais solenes de nossa vida, onde podemos louvar, pedir e agradecer a Deus é o instante do Evangelho no Lar. É o momento onde a família se encontra para confraternizar, compartilhar, conhecer-se melhor, fugindo ao ritmo frenético que o modernismo lhe impõe.

São tantos os motivos que tornam a família solitária dentro de um lar, que é urgente encontrar um fator que a faça solidária, em benefício de sua própria agregação. Mas agregar-se não é tudo. Num contexto de competição, rivalidade, consumismo, corrupção, drogas... a família necessariamente deve ter os seus instantes de diálogo a respeito dos valores reais da existência. É imperiosa a pressa em estabelecer parâmetros, prioridades, referenciais. Sem apoio e orientação segura, a família navega em mar revolto. O farol, o porto seguro é a observância e a vivência do Evangelho de Jesus. Qualquer problema familiar deve ser passado pela sua ótica, discutido sob a sua inspiração, solucionado sob a sua regência. Sendo o código moral de máxima perfeição, aborda toda a temática humana à luz do amor e da justiça, bússolas imprescindíveis na organização de qualquer família.

O Evangelho no Lar é o instante do amai-vos uns aos outros na intimidade doméstica, entre Espíritos que escolhemos para trilhar as estradas do planeta. Pois bem, nesse instante sublime, acercam-se de nós, nossos protetores, familiares desencarnados que nos amam, amigos outros que se interessam por nossa evolução e, ocasionalmente, aprendizes e até enfermos necessitados da luz que se irradia do lar onde Jesus permanece em forma de fraternidade. Quando se acende uma lâmpada, não se acerca dela o necessitado de luz e foge o inimigo da claridade? Contudo, Evangelho no Lar é momento sagrado e íntimo para familiares e amigos. Qualquer presença estranha a esse feliz encontro terá sempre a permissão do plano maior, com finalidade clara e benéfica para o visitante, pedagógica e solidária para os visitados.

Para fazer o Evangelho no Lar é necessário escolher dia e hora favoráveis ao evento. Uma hora em que haja disponibilidade de toda ou da maior parte dos familiares para esse exercício de renovação. Marcados dia e hora, sela-se o compromisso com a perseverança. Seguem-se os cuidados posteriores. Desligar o telefone naquela hora, ligar o gravador com músicas suaves, colocar a jarra com água limpa sobre a mesa, fazer a prece introdutória, abrir o Evangelho de maneira seqüencial ou ao acaso, comentar o texto evitando fugir da essência dos ensinamentos, não dando lugar à narração de fatos corriqueiros e sem significado para a ocasião.

A presença da música e da água não são obrigatórias. A primeira prepara o clima psíquico dos presentes, propiciando-lhes maior receptividade, amenizando-lhes a ansiedade, o estresse e o ritmo elétrico de que alguns são portadores. A segunda não se destina a lavar a roupa suja da família, pois o Evangelho no Lar é instante de paz. Sua utilização é terapêutica caso os amigos espirituais nela introduzam energias calmantes ou revigorantes. A água energizada deve ter apenas esse caráter, e não a satisfação do saudosismo de hábitos religiosos não praticados no Espiritismo, ou o aprazimento de ter sido objeto de atendimento pessoal através de medicamento preparado só para si ou sua família. Não seria tal atitude um culto velado à vaidade?

Durante a discussão democrática do texto, o clima de harmonia e entendimento deve reinar absoluto, favorecendo a absorção dos ensinamentos via emoção e razão. Desaconselha-se, no exercício evangélico, qualquer tipo de comunicação mediúnica, por extrapolar a sua finalidade, qual seja, a formação de um ambiente doméstico fraterno e voltado para a evolução do Espírito. Como diz velho e sábio adágio popular, "costume de casa vai à praça", as lições aprendidas no lar, fraternalmente, irão gerar bons frutos na sociedade, pela atuação transformadora do aprendiz renovado.

Hoje lembro os instantes de louvação do meu velho pai, como usina de força, onde ele se alimentava em Espírito para tantas batalhas que enfrentou. As borboletas brancas eram simples indutoras do clima de agradecimento que meu pai formava em si, pelos dons que recebera. Ele gostava de agradar ao Senhor, que Ele estivesse satisfeito com a sua atuação de guerreiro da sobrevivência, e aquela maneira era a sua cartilha. Ah, pai! Abençoados foram os momentos de puxar água naquele balde, de tão profunda cacimba, para dar de beber às roseiras e dálias. Aquelas borboletas, tão branquinhas, geladas, macias, cheirosas... como o Senhor não poderia gostar?

2
AS CORES NO MUNDO ESPIRITUAL

A Terra é azul.
(*Yuri Gagarin*)

Néon

Sempre que passava pelo posto de gasolina à noite eu ficava extasiado com a beleza daquele verde luminoso. Era um verde tão brilhante que, nem o vaga-lume ou o capim-elefante no inverno, ostentavam aquela nobreza. Estava escrito em letras grandes: TEXACO. Achava o letreiro algo tão inusitado, tão extraordinariamente lindo, que na minha cabeça de sete anos não havia adjetivos ou termos comparativos para aquela beleza. Era uma luz diferente, forte, brilhante... e verde. Acostumado que era com a luz mortiça da lamparina, nunca sentira algo parecido, nem mesmo quando meu pai comprou um lampião a gás, ou quando dois anos após entramos na era da energia elétrica, inaugurando-a com uma lâmpada de cor amarelada de 40 velas, "para não gastar energia" — dizia meu velho. Aquele instante de passar em frente ao posto, de ver a luz néon resplandecer mais que cem árvores natalinas, me trazia uma sensação esquisita, assim como levitar, talvez semelhante àquele momento em que meu irmão, achando um pedaço de vidro azul que guardava magnésia, me fez olhar o sol, as nuvens e um avião que passava no céu naquele momento. Aquilo também era bonito, mas pensando bem, não se igualava ao letreiro esverdeado.

Certa feita perguntei a meu pai de que era feita aquela luz tão diferente da nossa de 40 velas. Com o seu costumeiro laconismo, ele me respondeu: "de eletricidade". Calei-me. Meu companheiro de madrugadas fora criado no sertão e não poderia externar tão complexa resposta com seu incompleto curso primário. Foi só mais tarde, na Escola Industrial de Fortaleza, indagando a meu professor de Química, que vim saber tratar-se de um gás nobre chamado néon ou neônio, e que era nobre por não combinar-se com nenhum outro elemento da natureza. Saber! A aventura do conhecimento, do enriquecimento intelectual, o apoderar-se dos segredos da natureza afastando as trevas da ignorância... Clarificar-se com a luz da sabedoria, não seria tão belo quanto aquele néon? E foi assim pensando que resolvi descobrir mistérios do mar, o pensamento dos homens, páginas da natureza, capítulos da vida escritos pelas sábias mãos de Deus. Acostumei-me à leitura. Pedi a meu pai para trocar a lâmpada amarela por uma branca fluorescente, pedi livros emprestados... foi a época de Cervantes, Erasmo de Roterdã, Marx, Maquiavel, Sócrates (através de Platão), Dante...

Hoje continuo a aprender. Essa aventura não tem fim. Aprende-se com os livros, com os homens, com a natureza, com a vida, mas isso de nada vale se tal aprendizagem não é aplicada em harmonia com o ambiente.

Ainda admiro, embora com menor vibração, o néon dos letreiros, pois antigas dores, verdadeiras mestras para minha indigência intelectual e moral, já me fizeram crer que o néon a ser admirado, perseguido e atingido é aquele que ornamenta o Espírito, lapidando-o e tornando-o luzeiro vivo na constelação infinita do Senhor de todos os universos, a que chamamos Deus.

As Cores no Mundo Espiritual

As cores são reflexos da beleza da criação. Um pôr-do-sol, um céu azul, um luar de prata, são inesgotáveis motivos que alimentam a poesia no planeta. Se este mundo de provas e expiações, Deus em sua generosidade coloriu com preciosa beleza, o que não há de encontrar-se nos mundos felizes! Encantamo-nos com a aurora boreal e o arco-íris. Em outros mundos o que haverá? Creio que, apoiado no que já lemos e caminhamos no país dos Espíritos, podemos traçar breves e pálidas linhas sobre a cor e a sua utilização no plano espiritual.

Como se divulga, para percebermos as cores necessitamos de luz projetada sobre aquilo que queremos observar. Nossa ambiência possui iluminação natural (o sol) a nos invadir a casa em feixes de luz branca, que pode ser decomposta em sete cores básicas, distribuídas do vermelho ao violeta. Quando um objeto se nos apresenta vermelho, é porque ele absorve todas as cores da luz solar, exceto o vermelho, que é refletido. Uma folha de papel branca não retém nenhuma coloração, apenas a transmite integralmente. Ao contrário, o quadro-negro absorve todas as cores, sem doação nenhuma. Daí, o negro significar as trevas, o egoísmo, a ambição... e o branco, a luz, a generosidade, a doação. Em muitos hospitais do plano espiritual as cores são utilizadas como terapia. O tratamento à base de cores assenta-se nas qualidades específicas destas e nos efeitos que elas produzem em cada indivíduo, a nível físico e psíquico. Empresários terrestres, para que seus funcionários possam render acima da média, pintam suas fábricas com cores excitantes, induzindo aceleração no ritmo de trabalho. No caso oposto, hiperatividade, as cores devem induzir à calma e à monotonia. Esse é o caso de hospitais cujos doentes são visivelmente excitados.

Cada cor vibra em uma freqüência particular, e é com base nessa freqüência que ela é usada para ajustar o ritmo celular de um órgão doente. Se determinado órgão tem cor vermelho-escura em seu estado de vitalidade, e agora se acha doente, sua coloração empalideceu, usa-se a cor original do órgão como tratamento, para que sua freqüência force as células doentes a estabelecer uma sintonia rítmica, assumindo o estado de normalidade. Não é assim que se faz um ímã por contato? O metal diante do campo magnético do ímã não acaba por sofrer-lhe a influência, assemelhando-se a este?

O tratamento à base de cores exige instrumental próprio para aplicações. No instrumental, os técnicos fazem as graduações necessárias a cada tipo de enfermidade, sem contudo descartar outras terapias paralelas, conforme exija a conveniência.

Mas nem só na medicina nota-se a importância das cores no plano espiritual.

A mãe de Vale Owen, desencarnada e aprendiz no plano espiritual, descreve para o filho, o então encarnado reverendo de Oxford, o espetáculo magnífico de cores provocado pela interpretação musical de uma orquestra sinfônica, introduzindo modificações no ambiente a sua volta, transformando-o em belíssimo painel com dezenas de cores em ricas tonalidades. Segundo a descrição, a modificação começou pelo rosto dos ouvintes, expandindo-se pela atmosfera em forma de vapor de cores:

"O vapor nada obscurecia, parecia antes aproximar tudo ainda mais. As águas refletiam as cores do arco-íris e até o nosso vestuário se tornou de cor mais intensa. Além disso os animais e os pássaros que nos cercavam também lhes sentiam os efeitos. Lembra-me especialmente um pássaro branco. A sua linda plumagem cor de leite foi, gradualmente, tornando-se mais brilhante, e, quando o vi pela última vez, antes de voar para um bosque, resplendia como ouro polido e cintilava como luz transparente ou como fogo." (A vida além do véu – Vale Owen).

A idéia que nos passa a descrição é de que o som provocou modificações no fluido ambiental, que se tornou visível, à semelhança de um vapor que envolvia e parecia impregnar seres e objetos. A água não mudou a sua cor, apenas refletia as cores, o que não invalida a hipótese de o som, penetrá-la ou envolvê-la. A roupa parece ter-se revestido de matizes fortes, o que a tornou mais viva. Todavia, a mudança de coloração nos seres vivos parece ter ocorrido mais por conta das modificações da aura.

Uma orquestra sinfônica em execução toca fundo na alma sensível, provocando turbilhões de sentimentos e emoções sublimadas, gerando modificações no colorido natural que caracteriza as emanações da aura de cada Espírito. O mesmo som pode traduzir-se diferentemente em cada ser pelas evocações passadas e faz com que muitos se diferenciem diante dele, mostrando centenas de tons correspondentes a centenas de eventos evocados. A emoção vivida ou revivida diante de uma música sublimada opera no perispírito um dinamismo diferente, um êxtase; traz de volta uma saudade incontida, um desejo de ser bom... e isso provoca mudanças perispirituais e conseqüentemente variações na coloração da aura.

Na mesma obra Owen fala dos edifícios de cristal, opacos por fora mas translúcidos vistos do interior. Nesses edifícios a coloração apresentava-se diferente, porque a luz que os inundava variava conforme a sala. Nos compartimentos menores ela era única, mas nos vastos salões reuniam-se todos os matizes das salas que os rodeavam. Assim, no salão vermelho as nuanças variavam desde o rosa mais tênue ao mais vivo escarlate, o mesmo ocorrendo com os outros, que se revestiam de outras cores, incluindo o infravermelho e o ultravioleta. Esse conjunto de prédios destinava-se ao estudo dos efeitos das cores, aplicadas aos minerais, vegetais e animais. O resultado era transmitido aos encarregados da vida vegetal na Terra e em outros planetas.

Estudos mais aprofundados não têm ainda aplicação na Terra, em virtude do seu atraso moral e intelectual, reservando-se a ambientes cuja natureza é mais etérea.

É comum no plano espiritual, por ocasião de preces coletivas, em assembléias onde a força do pensamento positivo pode plasmar imagens, notar-se a presença de pétalas caindo, a formação de painéis sublimes, a transformação do ambiente com a introdução de luzes, perfumes, cores...

"Nesse instante reparei que o dia se findava no hemisfério em que nos achávamos, desaparecendo o globo azulado e longínquo do sol nos horizontes desse mundo prodigioso; seu brilho esmaecia e, quando o reflexo cerúleo se observava em todas as coisas, um cenário esplendoroso e inenarrável descerrou-se ao meu olhar atônito. Nas imensidades do éter acendeu-se o lampadário maravilhoso; afigurava-se que uma auréola de chamas, lindamente coloridas, coroava esse orbe encantado, em meio às luas fulgurantes, que me pareciam vitórias-régias, resplandecendo num mar de suavíssimas claridades. Locomovemo-nos em determinada direção e qual não foi o meu espanto ao deparar com grande massa de substância fluídica, um pouco semelhante à água levemente rosada, elucidando o meu prezado mentor tratar-se dos mares saturninos, enquanto apreciava as fontes encantadas e lagos róseos como se fossem encravados em geleiras alvíssimas. Observei, então, um quadro indescritível: bem no cume de um monte, que parecia de neve, certo palácio de colunas preciosas emergia de uma alcatifa de flores. Resplandeciam os anéis luminosos no firmamento e grande multidão ali se reunia em atitude de recolhimento e prece. Vi, então, elevar-se aos céus constelados uma onda de luminosidade feérica e, da amplidão azul, onde evolucionavam os lindos satélites desse orbe de sabedoria e ventura, um jorro de sol desceu sobre aqueles seres silenciosos e recolhidos. Era a correspondência visível entre dois planos" (Cartas de Uma Morta – Chico Xavier).

Assim Maria João de Deus, genitora de Chico, descreve Saturno com seu sol azulado e suas habitações de substância desconhecida, mudando de cor ao contato com a luz solar. Em todo o universo, a luz, a cor, a beleza, devem existir em proporções jamais imaginadas por habitantes de favelas do cosmo como nós.

O nosso Espírito tem sede de beleza, dessa beleza que um dia nos iluminará os olhos e nos acalmará de vez o coração. Conheceremos então a cor da paz, a cor da justiça, do amor, a cor de Deus. Para atingir esse dia teremos que gastar muita tinta, transformando o negro, nosso e ao redor de nós, em luminosidade pacífica e amorosa. Nosso coração tem que ser como aquele néon que me encantou na infância.

Mas Deus é luz que nos ilumina, e a luz costuma refletir o tom que lhe emprestamos. Dia virá em que não seremos apenas iluminados, mas luminosos. Está chegando o momento em que deixaremos de ser apenas Espíritos, para sermos também espíritas. Aí então, indubitavelmente teremos a cor da caridade, revestida pelo luminescente néon da instrução. Assim profetizou o Espírito de Verdade. Assim será.

(N.E.) Com todo o respeito que a cromoterapia merece, o Espiritismo dispensa esse acessório em suas práticas, considerando o completo recurso que oferece a fluidoterapia. Portanto, não se recomenda a prática da cromoterapia em centros espíritas, mas isto em nada invalida o estudo e o conhecimento apresentado em torno do assunto por inúmeros escritores, espíritos ou encarnados.

3

A MENDICÂNCIA

Qual o melhor método para conservar a vida?
Trabalhar!

Hipócrates

Novenas

Um antigo hábito do meu pai era fazer novenas para Nossa Senhora do Perpétuo Socorro.

Minha mãe, apesar de ser católica, nunca lhe endossou o comportamento. Aprovava, mas não participava.

Nós, crianças sem força de decisão, éramos obrigados a acompanhá-lo. O interessante é que nunca conseguíamos chegar ao final do culto sem os costumeiros ataques de riso. Bastava um olhar para o outro, ou beliscar a perna do vizinho por baixo da mesa para começar o "fuá". De outras vezes eram as caretas, um mexer de sobrancelhas, de língua, ou o deslocar de pernas para arranhar outras com as unhas, que viviam grandes. Ninguém era capaz de se conter. Na tentativa de trancar o riso, bufidos, mordedura de lábios, beliscões em si próprio para que a dor suplantasse a vontade de rir... nada evitava o inevitável, o riso.

Então era suportar a fúria do meu pai, que terminava por nos colocar de joelhos durante meia hora, o que era inútil. Mas um simples trocar de joelhos no chão sem cerâmica fazia tudo recomeçar.

Todavia, o maior de todos os festivais de riso aconteceu quando meu pai, que parecia nunca desistir de nos pôr a escutar a novena, ao rezar uma Ave-Maria, enrolou a língua e disse a frase incorreta. Começou ele: "Ave-Maria, cheia de graça, senhoritas mulheres"... aquilo era demais para nós. Imagine, senhoritas mulheres... De barriga doendo de tanto rir fomos "convidados" a bater em retirada para as nossas redes.

A partir daquele dia, meu pai passou a fazer orações a sós. E foi então que, observando-o de longe, sem a obrigação de escutá-lo, fui me enternecendo e admirando a sua persistência, a sua fidelidade àquela Nossa Senhora que não atendia a seus pedidos. Supunha o meu pai que só o de ganhar no jogo do bicho é que ela atendeu. O restante parece nunca ter escutado. E foi com essa linguagem destituída de opressão, mas com força-exemplo, que resolvi participar algumas vezes da novena, sem rir, sem fazer caretas.

A Mendicância

O templo espírita é como um abrigo elástico que nunca recusa atendimento a qualquer visitante. Se o trabalho é excessivo, desdobram-se os seus membros em manter a luz clara sobre a mesa, qual sentinela que nunca dorme em seu afã de preservar a paz, filha da consciência pacificada.

Mas, apesar do exemplo de dedicação ostensivo que deveria contaminar à primeira vista seus freqüentadores, raros são os que se integram ao trabalho, moeda forte para a redenção espiritual. Muitos comparecem na condição de mendigos espirituais solicitando favores impossíveis, confundindo médiuns com magos, querendo transformar em criados os Espíritos, que tudo devem fazer para agradá-los pois, em suas cabeças confusas, acreditam ser um grande e especial favor que fazem ao Espiritismo, as suas conversões a essa doutrina de luz e esperança.

Em ato cômico de orgulho, com a necessidade estampada em corpo e alma qual tatuagem gigante, invertem a situação que vivem, na qual necessitam desesperadamente do Espiritismo, e procuram fazer crer que a doutrina é que se beneficiará com a inclusão deles em suas hostes. A senha que deveriam trazer nas mãos, a humildade, não consta ainda em suas dores, pois o orgulho de querer ser maior que a dor que lhes atenua os acúleos dificulta o entendimento de seus dramas, e conseqüentemente de suas ações. Lógico que o Espírito tem que ser maior que a sua dor, senão ele se deixa abater e dominar por ela. Mas o orgulho, esse antigo vilão do Espírito, procura mostrá-lo superior a tudo, convencendo-o de que a sua alma não é mais de vidro como ele supõe, mas forjada no puro aço dos invencíveis conquistadores.

Há o que pisa o abençoado chão do templo espírita para solicitar favores materiais, tais como promoções no emprego ou melhoria salarial, em flagrante desconhecimento das sagradas finalidades da casa espírita. A este, respondemos que o interessado em promoções deve estudar, aprimorar seu trabalho, fazer uma especialização, ser generoso para com a vida, que esta lhe retribuirá com igual ou superior generosidade. Essa resposta não agrada, pelo esforço embutido que traz. O visitante quer o imediatismo e o imobilismo, quer favores gratuitos como está acostumado a ver no restante do país, onde a corrupção regala-se em acetinados sofás.

Lembramos a venerável figura de Jesus: "Eu trabalho e o meu Pai trabalha sem cessar". Mas quem muito trabalha não consegue tempo para "viver a vida". O visitante quer tempo, quer dinheiro, quer promoção, status... Poucos chegam querendo trabalho, estudo, paz. Esse tipo de visitante, que não tem fibra para iniciar uma reforma interior, sai à procura de "algo melhor", e como não encontra, costuma dizer a seus confidentes: fui até a um Centro Espírita e nada! Para ele o problema é externo e deve ser resolvido como uma peça que se desgasta em uma engrenagem e precisa ser substituída por outra. Alguém precisa fazer isso, e ele vem à casa espírita.

Outros, quando o templo espírita não os adverte para o esforço próprio (e nesse caso não está cumprindo o papel que lhe cabe) infiltram-se entre os médiuns procurando, curiosos, notícias de parentes e amigos desencarnados, pedindo preces e favores especiais, elogiando-lhes as faculdades, em verdadeiro suborno emocional, e alguns invigilantes podem ceder diante de tanta "gentileza".

Os próprios médiuns (despreparados), às vezes, criam certa dependência de seus mentores, procurando consultá-los a cada problema que surge no núcleo mediúnico. Quando isso ocorre, o conselheiro, que diz apenas o trivial, induz o grupo ou o médium consulente à ociosidade, à acomodação, no lugar de insuflar-lhe o ânimo e a coragem para buscar ele próprio a solução de seus problemas, com o apoio da espiritualidade. Esse grupo, que busca constantemente o "mentor" para opinar sobre questiúnculas, está fora dos trilhos da razão, e o "mentor" precisando de um outro que o desperte. A atuação doutrinária não dispensa ninguém das dificuldades que, em última análise, são mestras no exercício do domínio do orgulho, da vaidade, do ciúme e outros vícios que somos hábeis em cultivar.

A ajuda que qualquer Espírito lúcido pode prestar a seus afeiçoados tem seus limites fixados no ponto em que não venha a tolher as iniciativas próprias de quem é de direito, pois o fardo de cada um tem exatamente o peso que pode suportar, quando a este não se adiciona o lastro da rebeldia. Quem retira do animal as rédeas que o direcionam e as esporas que o agilizam entrega-o a campo bravio, sem roteiro disciplinar e sem abrigo.

Sabemos que uma parcela dos beneficiários da casa espírita

a ela se afeiçoa e se integra nas equipes de trabalho, passando da mendicância à doação, em gesto sincero e ascendente. Estes conseguem méritos que lhes possibilitam uma ajuda maior, não porque os Espíritos mercadejam trabalho com benefícios, mas porque é da lei, que o doador receba conforme a sua doação, como poeticamente lembrou Francisco de Assis.

Os bons Espíritos nos inspiram, aconselham, medicam... mas é necessária a condição de receptividade para merecer tantos investimentos. Quando um enfermeiro é destacado para nos atender e nos encontra em plena lavoura, faz o possível para que nosso problema seja superado. Mas, se nos surpreende em jogatinas e conversações fúteis, fora da esfera do burilamento e descamação de nossos grosseiros revestimentos, ele pensa duas vezes antes de ministrar a correta e eficiente medicação.

Jesus nos disse: "Pedi e dar-se-vos-á". Baseado em tal afirmativa, aplicada isoladamente, fora do contexto traçado pela lei do trabalho e do progresso, algumas pessoas pedem, e como nada recebem decepcionam-se e desacreditam da religião. É que Deus sabe o que nos convém e o que merecemos. Não nos faria comprometer-nos mais, atendendo pedidos que alimentariam nossos tropeços. Deus nos contempla em nossas necessidades reais quando nos encontramos imbuídos do honesto desejo de crescimento. E nos atende, não obrigatoriamente com aquilo que pedimos, mas com o que nos é mais útil naquele momento. Daí ocorrer certas vezes alguém pedir a saúde, e a doença recrudescer; solicitar permanência na carne, e vir a desencarnação, desejar a paz, e ver-se atirada à luta.

De início, o pedinte pode interpretar o ocorrido como ironia do destino, que apenas favorece seu vizinho e o abandona em hora crucial. Mas, passada a nuvem do desentendimento, retirada a máscara da cegueira, pela razão descobre-se Deus tal como realmente é, sábio e bom, agindo com justiça imparcial, sem mutações meramente humanas diante de dengos e melindres de seus filhos.

Se a medicina tradicional trata o doente conforme a doença, Deus trata a doença conforme o doente, dando-lhe a medicação justa na dosagem equilibrada, o que nem sempre se traduz em saúde instantânea. Existem os enfermos que precisam da enfermidade como freio para seus vícios. Outros necessitam do leito para repensar a vida. Alguns estão aptos para a alforria e Deus lhes concede.

Se Jesus disse: "Pedi e dar-se-vos-á" também elucidou que a cada um seria dado conforme as obras, o que exclui o preguiçoso e o acomodado do rol de pacientes da emergência qualificada, adiando-lhes a consulta para o tempo em que suas próprias úlceras lhes imponham o diagnóstico formal da decadência. A partir desse despertar, é só ligar para o médico divino que o socorro virá breve. Nunca é demais lembrar que para pedidos loucos Deus faz ouvidos moucos.

E apesar da supremacia do peditório sobre a louvação, e de o agradecimento ser comum nos templos religiosos, não devemos esquecer que Deus, incansável semeador de bênçãos, escolhe sempre para lançar suas sementes o solo fértil dos homens de boa vontade para com a vida. O sopro da justiça é que tange essas sementes, o adubo do esforço é que as faz germinar. Pensemos nisso ao fazermos nossos pedidos.

4

PROGRESSO

O nosso ideal, devemos colocá-lo nas estrelas,
ainda que fiquemos no meio do caminho.

Tolstói

Progresso

Primeiro foi a estrada. As pedras, que tanto haviam ferido meus pés, foram recobertas por uma espessa camada de alcatrão deixando o caminho negro. Chamaram-no de pista.

Depois veio a nova iluminação que disseram ser de mercúrio. Esse novo brilho fez da noite o dia e trouxe uma novidade para nos fazer companhia, as mariposas. Quando a iluminação foi inaugurada, centenas delas invadiram a pista e ficaram circulando entre lâmpadas brancas e brilhantes.

O céu já não parecia tão próximo. O amanhecer, que meu pai chamava de quebrar-da-barra, não mais se destacava tanto, posto que a farta iluminação servia de anteparo artificial ao espetáculo cotidiano do afastamento da sombra, pela chegada da luz.

Era o progresso. O mesmo que foi engolindo aos poucos os capinzais, os mangueirais, os cajueiros já tão acostumados com as nossas pedradas, e a oliveira que nos delatava quando chegávamos atrasados ao colégio, pela coloração azulada de nossas línguas. O mesmo que fez sumir os vaga-lumes que brilhavam no escuro, como estrelas cadentes no céu. Aquele que trouxe a fumaça da padaria e fez sumir o cine Atapu, onde uma vez a cada ano meu pai nos levava a ver a paixão de Cristo, que nos deixava tão tristes.

Hoje essas coisas sobrevivem em minha memória, que em periódicos balancetes procura definir se valeu a pena crescer em bem-estar e diminuir em poesia. Se foi correto retirar as árvores e plantar cimento. Destruir a ponte e aterrar o rio, afastando os pés calmos, dando vazão ao silvo dos motores e ao canto dos pneus.

Meu coração gosta de deleitar-se nesse passado, onde palavras modernas não eram citadas e até inexistentes. Inflação, drogas, estupros, gays, raptos, AIDS... coisas do modernismo. No meu tempo era cadeira na calçada após o jantar, brincadeira da criançada, respeito aos mais velhos, flores nas janelas...

É! Resta-me escrever para que meus filhos saibam que houve um tempo assim. Um tempo onde eu os deixaria brincar na rua longe da minha paranóica vigilância, na certeza de que nada de mau lhes sucederia.

Um tempo onde o dicionário e a ambição eram menores e a graça de Deus parecia maior no semblante dos homens.

Um tempo que certamente se repetirá quando nós entendermos que só amando ao outro, identificando-nos com ele, é que o reino de Deus se instalará sobre a Terra.

Progresso

Muitas pessoas afirmam que o mundo está cada vez mais violento e corrupto, e traçam paralelos dos fatos atuais com os da infância, usando esta argumentação como atestado de veracidade do que falam. Eu também pensava assim, enquanto observava apenas pequeno trecho do caminho isoladamente, espaço e tempo diminutos e desvinculados da realidade maior do mundo onde se vive.

Hoje sei que a lei do progresso é uma realidade sem contestações, corrente volumosa que a tudo de perfectível arrasta para o grande mar da perfeição. Aquela interpretação equivocada deve-se à falta de visão do conjunto e ao período de tempo limitado em que nos mantemos encarnados. Não procedemos à análise com a visão histórica dos séculos. Se o fizéssemos, notaríamos que o período de barbárie, da força bruta generalizada já desceu para os porões do tempo.

As fogueiras acesas da Inquisição, com seus extermínios humanos, deixaram marcas e se apagaram. O livre-pensar e expressar-se ganhou corpo em todas as culturas e estão em alta os direitos do ser humano, a preservação do globo, o amparo à velhice e à infância, teorias que se firmam nos corações de muitos cidadãos universais, pois universal é a fraternidade.

As bandeiras religiosas, algumas manchadas de sangue, ganham destaque na cultura dos homens, empurrando velhos preconceitos para o baú das indignidades.

A mulher, o preto e o índio estão aprendendo — e têm adeptos — a conquistar seus direitos, a fazer valer a condição de cidadania, ainda com anteparos na marcha, mas firmes naquele pensamento heróico de "retroceder jamais".

Eu não seria ingênuo em afirmar que tudo são flores no jardim do planeta. Há cactos, há espinhos, pois há dívida e carma. Todavia, longe de ser este um motivo de acomodação, cria-se agitação, luta por ideais, conquistas. A existência de provas e expiações em qualquer planeta é motivo para fermentação, gestação filosófica, construção de veleiros para a aventura do sempre navegar.

Se não existe a quietude no interior de um átomo dentro da célula, por que haveriam de acomodar-se os guerreiros da eternidade? A terra é assim um caldeirão de forças que se digladiam, com a resultante sempre no sentido para cima. Há quem rebata esse ponto de vista, citando noticiários espetaculares, fatos graves de teor tóxico e violento, mas sempre circunstancial e específico.

Certa feita, em palestra no Centro Espírita, discorrendo sobre a lei do progresso, alguém citou como prova de retrocesso cultural a situação do antigo Egito e da Grécia, em relação às condições atuais. Em resposta, solicitei uma leitura de "O Livro dos Espíritos" em sua pergunta 786. O homem calou-se e foi à biblioteca do Centro comprar o livro indicado. No final da reunião ele me disse: "Como o senhor sabia o número da pergunta?" Respondi-lhe: "Não se maravilhe comigo. O livro estava aberto na minha frente sobre a mesa". Foi o início de uma grande amizade.

A ênfase sobre as notícias sensacionalistas firmam a impressão de que tudo, do miolo à casca, vai mal. Aceitar e manter tal raciocínio é desconhecer a lei do progresso.

O que existe em nosso globo é um descompasso entre a marcha do progresso intelectual e a do progresso moral. O primeiro segue a jato, o segundo vem de jegue. Ocorre que o intelecto, em se elevando, induz e arrasta a moral consigo, pelo alargamento da compreensão do bem e do mal. Com conhecimento aprofundado, o homem solidifica o seu livre-arbítrio, podendo utilizá-lo com mais inteligência e sabedoria. O progresso intelectual, apesar de não ser sempre uma característica do ser evoluído, é forte indutor do progresso como um todo, contribuindo para o apressamento dos passos da moral.

Nosso mundo inclui-se, assim, na qualificação de mundo manco ou capenga, e como todo manco sente-se incomodado com o seu defeito, o de ter uma perna longa e outra atrofiada, busca timidamente o médico divino, para que lhe aplique a cirurgia da reparação. Mas, como reparação implica renovação, aguarda-se para breve novo combustível para o coração dos homens adormecidos, pois os despertos há muito o utilizam, quando lhes correm nas veias possantes anticorpos contra os germes do orgulho e do egoísmo.

Caminhamos, assim, ignorantes e esclarecidos, civilizados e santos, nas mesmas trilhas, para que os últimos instruam os primeiros, para que os vícios de uns adormeçam sob o exemplo de outros, por força da educação e da caridade aplicadas.

A Doutrina Espírita, abrindo a porta da vida futura, eliminando dúvidas e temores, provando a sobrevivência do Espírito, e a comunicação com ele e entre eles os Espíritos, desmistifica a idéia de estagnação espiritual a que muitos se apegam para justificar suas próprias incoerências. O tempo não volta ao dia anterior nem o rio retorna à sua nascente.

Querer fixar o Espírito em um único degrau da escadaria evolutiva é congelar o tempo, imobilizar a vida, duas hipóteses inviáveis, a primeira pelo escoamento natural e a segunda pela palpitação incessante. Por esse motivo é que a idéia de céu e de inferno, como posições de felicidade ou sofrimento eternos, não vige nos homens lúcidos. Esta, pela impiedade, estreiteza e falta de criatividade de Deus em recuperar seus filhos rebeldes. Aquela, pela apatia e o aborrecimento que impõe ao Espírito trabalhador e pesquisador. Um céu com felicidade egoística e paralisante é de matar de tédio. O Espírito pode estacionar por algum tempo e até descer alguns degraus, como alguém que escorrega mas que, desperto do susto se recompõe e segue adiante, nunca retroagindo.

A escada evolutiva é finita apenas para baixo. Está fixa no fundo de um poço onde existe um aviso: *basta*! A partir daí não há mais degraus para baixo e o único remédio é subir. Não há como fugir do fundo de um poço a não ser por cima. É o que o Espírito tem a fazer, e faz. Portanto, o pessimismo, que ocupa largo espaço em tantas cabeças preocupadas, não tem nenhuma consistência frente à alvorada evolutiva.

O progresso que varreu a mata, espantou os passarinhos e secou o riacho na minha infância, trouxe também coisas boas que são visíveis. Escolas, hospitais, estradas, empregos. E abrir escolas não é fechar presídios? Acelerar hospitais não é tornar lentas as funerárias? Estradas não levam os homens aos homens? Nosso olho prende-se fácil à pequena chaminé fumarenta e parece ter medo de recuar ao pano de fundo azul que domina o espaço.

Que não se espere pela lei, mas lute-se pela aplicação da justiça. Quanto mais leis, mais corrupto é o país. Não estamos precisando de mais leis, para as termos adormecidas no reinado do Direito. Precisamos de coerência e sabedoria para as termos despertas no reinado da justiça. Não é a justiça superior ao Direito? Creio que a terra está prestes a ingressar nesse estágio de soberania da justiça.

Até lá, que Deus ampare os progressistas, e muito mais os amantes da estagnação, alguns deles disfarçados em saudosistas para melhor se camuflarem.

Estejamos alerta para o cavaleiro que monta o tempo, posto que ele não poupa esporas nem teme obstáculos. Tudo que está à frente amanhã será retaguarda. O avanço será intérmino. Quem ficar à margem da estrada será colhido pelos tornados do progresso, que tudo levará no roldão. Ninguém deve temer o progresso, mas a ausência dele.

5

O CICLO VITAL

A morte é o sinal de igual na equação da vida.
Malba Tahan

Angulações

Um dia vieram me dizer que minha mãe estava com leucemia. O tempo que lhe restava era um mês. Era o final de uma batalha e o início de outra para a qual ela parecia não estar preparada, pois não era espírita como eu. Eu não morava mais com ela.

Mesmo que se estude em detalhes a morte, quando de sua aproximação não se evita o clima de meditação, de retrospectiva, de pesar que lhe antecede, havendo uma fixação naquilo que poderíamos ter realizado pela elevação do Espírito.

A palidez cadavérica de minha mãe não deixava dúvidas quanto ao aviso médico. Não acusei a vida nem exigi de Deus a permanência dela entre nós. Entendia as leis naturais, àquela altura, e sabia tratar-se da morte, de final de ciclo imposto pela lei da criação.

Mas, quando saí do hospital, o clima a que me referi forçavame a meditar no tragicômico que era a existência. Para alguns parece ser o bem viver, as receitas gastronômicas. Outros aspiram o beber, o sexo desregrado, o poder, o dinheiro... para no final da refrega entregarem-se à morte, que nunca pede permissão para a chegada, nem costuma atrasar-se para a visita.

Poucos são os heróis que no anonimato testemunham os reais valores da vida. Poucos são os lúcidos que elegem como prioridade os bens do Espírito em relevância aos bens do corpo.

Então surgiu em mim uma vontade de ser dócil à bondade, sufocada logo mais pelo homem que me pisou o pé no empurra-empurra dentro do lotação que pegara. A verdade é que estamos sempre em guarda contra os outros e a aproximação da morte nos faz baixá-la. Isso quando a morte é de nosso familiar consangüíneo, a quem temos afeto, pois que mortes há todos os dias, que não nos emocionam.

A conclusão é lógica. Vivemos fechados e ligados a nosso mundo particular. São bilhões de mundos particulares que se chocam em interesses, gerando a discórdia, a desarmonia e a solidão. Mas o clima que preludia a morte se esvai com a pessoa que parte. Com ela viaja também esse sagrado momento de autocrítica, as sementes da compreensão, a sensação de apoio gerada pela consciência desperta, que volta a dormir depois. A morte é, assim, a porta de acesso para a vida. É a chave mágica que todos os dias abre a porta de passagem de pequenos mundículos para o mundo real.

O Ciclo Vital

Onde quer que exista a vida estará presente a morte, como a outra face da moeda na existência carnal. A vida é única. Os corpos são múltiplos. A morte continua sendo, para muitos que encarnam, um doloroso enigma que não gostam de discutir, temido pelo pesar que traz, apavorante pelo desconhecido que o reveste.

Todavia, se a morte é desespero para uns, é libertação para outros que se encontram exauridos em resistência na batalha contra a enfermidade. Que seria do canceroso, do portador de lepra, do paralítico, se a morte não lhes restituísse a movimentação e a saúde? Certo que alguns conservam a doença em corpo espiritual após a morte, mas essa condição é passageira e os recursos na busca da saúde são geralmente maiores.

A morte é o final do ciclo biológico terreno. A condição de perenidade faria com que a Terra, superpovoada, esgotasse seus recursos e a sua capacidade de abrigar outros visitantes. Nascer, crescer, morrer, renascer são exercícios contínuos na vida, que é única. Alegramo-nos com o nascimento, entramos em melancolia com a morte.

Por que a morte está sempre acompanhada de pesar e de incertezas? Certamente porque não somos educados para entendê-la e aceitá-la. Povoada de densos mistérios cujos cenários misturam solidão, castigos, infernos, escuridão, julgamentos, hibernações, satanases e ferrabrases de espetos em punho prontos para saltar em cima de qualquer defunto, teria mesmo que induzir a fuga de qualquer discussão sadia.

Morre-se. E o que acontece depois? Essa é a grande dúvida da maioria das pessoas. Irei para o céu, o purgatório ou o inferno? Rebatem outros que não pode haver inferno maior que a terra e diabos piores que seus dirigentes. Exasperam-se quando uma criança morre sem que se acenda uma vela, ou sem receber aplicação de água sobre a cabeça ou sal na boca, e se neurotizam pensando que ela irá habitar o limo ou algo parecido.

Se tais pessoas acreditam que o Espírito daquela criança foi gerado ao mesmo tempo que o corpo, e se não houve tempo para que ela se contaminasse com vícios ou erros, como poderia esse Espírito ir morar no lodo? Estaria Jesus enganado ao afirmar que a cada um seria dado conforme as obras? Na terra, nenhum juiz condenaria pessoas inocentes; ocorre o contrário, nas leis de Deus? Esquecem tais pessoas que Jesus disse: "Deixai vir a mim as criancinhas, pois delas é o reino dos céus"? Aquelas crianças que Jesus acolheu e abençoou haviam passado por formalidades materiais salvadoras?

A morte breve é preferível a uma vida de desregramentos que envergonham a família e comprometem o Espírito delinqüente, lembram os Espíritos. Caso acreditem que aquele Espírito já existia antes da geração do corpo, então o fenômeno biológico morte vincula-se às injunções débito-crédito que ele traz, pois acaso ou injustiça não existem na lei de Deus.

Céu ou inferno são apenas estados de consciência de cada Espírito. Tais estados direcionam para determinadas regiões do espaço aqueles que pensam e agem semelhantemente. A morte é um corredor que os leva ao plano concreto dos seus pensamentos. Como o pensamento é dotado de energia vitalizadora, nessas regiões forma-se a ambiência propícia a tais habitantes, que nada mais são que arquitetos do céu ou inferno em que moram e vivem.

Essa é a realidade pós-morte. Apenas vida, movimento, comunicação, expiação e evolução. A morte não possui nenhum poder transformador sobre o Espírito. Não o modifica para a santidade nem o aconselha ao demonismo. Apenas o faz mudar de casa, de companhias, de ares. Os hábitos continuam. Méritos e deméritos são a única bagagem transportada a esse novo país.

Se durante a sua permanência na carne fez progresso moral e intelectual, o lucro é evidente, e o país para o qual se encaminhará será, como se costuma dizer, de primeiro mundo. Se houve acomodação, má vontade, insubmissão... o débito gerado não lhe permitirá ingresso em qualquer Suíça. Aguarda-lhe um passaporte para mesquinho e violento país, em última análise, condizente com o seu clima bélico ou marginal. Após a morte há países, bairros, favelas, parques floridos, água, ar, solo, céu, astros, músicas, guerras, vícios... tal qual as tempestades e calmarias terrenas.

Cada cidadão terreno conquista seu espaço em vida, como alguém que compra à prestação e pode pagar em muitas cotas de amor e sacrifício à causa de Jesus, ou de desprezo e oposição a essa mesma causa. Jamais será diferente, pois reza velha tradição que a morte, invariavelmente, depende da vida que se leva. E façam o que quiserem para modificar tal panorama, a morte continuará sendo apenas uma porta de acesso para a verdadeira vida.

Em 1857, com a publicação de "O Livro dos Espíritos", esse problema ficou devidamente esclarecido pelo demolidor de mitos Allan Kardec, que atribuiu caráter de naturalidade ao sobrenatural de que era revestido o fenômeno morte.

Indagando os espíritos sobre este tema, Kardec procurou de imediato aprofundar-se na sobrevivência da alma e na permanência da sua individualidade. O que seria a alma sem a sua individualidade? Destituída de afetos, das conquistas intelectuais e morais, a alma não teria méritos nem deméritos, seria mero autômato, indigno de uma luta tão árdua como a terrena. Isso anularia a lei de causa e efeito e levaria a evolução pelo ralo da incoerência. Kardec sabia disso, mas era necessária a confirmação.

O instante da morte seria doloroso? Como se processaria a separação da alma e do corpo? O corpo, respondem os Espíritos, freqüentemente sofre mais durante a vida que no momento da morte. No instante em que os laços que aprisionam a alma a seu corpo se desatam, ela se liberta, e gradualmente vai despertando para o seu habitat natural. Mas tudo isso é diferente em cada indivíduo. O período de perturbação que se segue à morte pode variar de algumas horas a alguns anos, a depender do estágio moral do desencarnado que transpôs o portal do túmulo. Quanto maior tiver sido a sua afinidade com a matéria, mais tempo será gasto em desfazer os elos dessas correntes com as quais prendeu-se ao mundo material.

Mas, e as sensações? O que experimenta a alma quando se reconhece habitante do mundo espiritual? A resposta segue a linha geral da coerência, relacionando os diferentes estados de bem ou mal-estar às condições morais que cada um porta. Para o que fez o mal, é a vergonha de tê-lo feito. Para o amante da justiça, a alegria de havê-la praticado.

O passo seguinte é o reencontro com velhas amizades, familiares, benfeitores, visitas a amigos encarnados...

Por fim, Kardec investiga a situação da alma após a morte, quando dotada de conhecimentos espíritas. Será que tais conhecimentos contribuiriam para encurtar o período de perturbação, comum à grande maioria dos Espíritos? Se o Espírito já conhece a situação pela qual passará, é evidente que o conhecimento doutrinário funciona como fator abreviativo. Todavia, a prática do bem e a pureza de consciência é que exercem maior influência, rematam os Espíritos.

A morte não reduz o homem ao nada, como afirmou Sartre. Lavoisier foi bem mais realista ao admitir que nada se perde no universo, apenas sofre transformação. Com o homem, a aventura não poderia ser diferente. Deixa um corpo, que se transforma no solo, e segue sofrendo transformação pelo infinito afora.

A morte não tem mais o caráter de enigma depois que o Espiritismo veio lhe devassar a intimidade. O Espírito deixa o corpo carnal na Terra, mas não segue desnudo para a pátria espiritual. Reveste-lhe o perispírito, parte indestrutível, formada de substâncias semimateriais. Esse corpo fluídico às vezes torna-se visível e até palpável, diante de parentes atônitos com uma aparição, confirmada posteriormente e tida como aviso de morte, ou ligeira despedida de alguém que partiu para o além. O perispírito, cuja função é servir como intermediário entre o corpo e o Espírito, para este atuar sobre a matéria, agora o reveste, permitindo-o agir no mundo espiritual, ao mesmo tempo que lhe assegura uma identidade individual como pessoa, posto que sem ele não saberíamos como distinguir o Espírito, pelo simples fato de não o conhecermos.

O livro da vida continua em outras páginas. Como asseverou Raymond Moody, no resultado de suas pesquisas com pessoas declaradas clinicamente mortas, não podemos compreender inteiramente esta vida enquanto não vislumbrarmos o que fazem além. Nesse pormenor, o Espiritismo é insuperável. Doutrina que matou a morte, apresenta-se como um verdadeiro roteiro para uma vida saudável, condição prioritária para uma morte sem traumas. Exaltamos a vida, defendemos e amamos as suas manifestações, mas não tememos a morte. Que não pensem apressadamente os desavisados que somos suicidas em potencial, ou buscamos a fuga das dificuldades terrenas procurando as portas da morte. Pelo contrário, somos opostos a toda e qualquer ameaça à vida em qualquer aspecto: suicídio, eutanásia, aborto, pena de morte, genocídio, holocausto, misérias, preconceitos... Reconhecemos Jesus como Caminho, Verdade e Vida, notadamente na confirmação da sobrevivência espiritual da qual nos deu provas.

A vida não poderia terminar em tragédia que a negasse. Por muitas vezes tenho conversado com minha mãe que, desencarnada, continua trabalhando e velando por nós de onde se encontra. Visita-nos, indaga, responde, graceja, tal qual antes da leucemia.

A morte não tem nenhum poder sobre o Espírito. Contudo, tem que cumprir seu ciclo, levando jovens que gostariam de ficar, doentes ávidos de liberdade, poupando velhos apressados para partir.

A morte não manda no tempo da vida. É apenas executora dos minutos terminais da vida. E tais minutos fazem parte da natureza, pois a ninguém é dado saber quando a ordem divina determina a transferência de planos. A morte é, antes de qualquer conceituação, o abençoado passaporte para a vida.

6

OS VEGETAIS

> Deitar-me faz em verdes pastos
> Leva-me mansamente a águas tranqüilas...
> *Salmo 23*

Malícia! Teu Pai Morreu

Nos idos de 1957 eu estava no auge da curiosidade infantil, e tinha a insistente mania de capturar insetos em caixas de fósforo para observá-los.

Existia um grande campo em frente à minha casa, onde besouros esverdeados se escondiam em buracos escavados no chão. Então eu os encarcerava em caixas para escutar-lhes os sons graves, que mais não eram que protestos ou pedidos de socorro de quem sem crime algum se vê tolhido em sua liberdade.

Os grandes olhos verdes desses besouros pareciam fosforescentes e agressivos. Mas, como os olhos iam perdendo o brilho aos poucos, talvez porque esse brilho tivesse a ver com a liberdade do campo, eu os libertava, não raro pensando e falando comigo: "Vai, bicho! Teu pai pode estar te esperando." E ele deixava a caixa de fósforo com uma velocidade nunca desenvolvida antes, porque a marcha para a liberdade é sempre acelerada nos que sofrem o ferrete do isolamento.

De outras aventuras, lembro que um dia encontrei um louva-a-deus e o pus a digladiar com grandes formigas, soldados que eram de sua fortaleza. Foi um pega feio. Cambalhotas, ferroadas, braçadas... O louva-a-deus venceu, pois as formigas bateram em retirada, acossadas pelos serrotes do oponente.

Mas, surpresa boa foi quando eu pisei em uma plantinha e ela fechou seus folíolos como em defensiva, contra iminente ameaça. Minha irmã, que me acompanhava, disse: "É uma malícia. A gente diz: malícia, teu pai morreu, e ela se fecha chorando". E então comecei a tocar a malícia e a dar a fatídica notícia. Ela se fechava, se fechava... E eu ia ficando encantado com aquela revelação da natureza, sem me dar conta de que o contato com a folha, e não a notícia, era que quedava a sensitiva.

Depois de muitos anos, caminhando com meus filhos, observando animais, encontrei novamente a malícia e recomecei a história. Tocando-a na presença deles disse: "Malícia! Teu pai morreu"! A plantinha fechou-se como acontecera mais de trinta anos atrás. Passei essa fantasia para as crianças, pois elas acreditam nisso e gostam de fantasias, histórias espetaculares, sonhos impossíveis, bichinhos que falam, plantinhas que sofrem e choram.

Estávamos brincando quando a mãe deles, retornando esclareceu: "Não é por causa da notícia, meninos; basta tocar. É somente um mecanismo de defesa". Foi uma das raras ocasiões onde a verdade se fez desnecessária. Quebrou o encanto. O encanto que para mim resiste até hoje, quando pequenas fibras de algodão já me tingem os cabelos e as mãos já não são muito ágeis em capturar bichinhos como antigamente. Um encanto que resistiu a todo avanço científico e tecnológico tais como o homem na lua, as sondas a Marte, a quebra do átomo... Um encanto que talvez meus filhos não tenham tido a chance de guardar. Que pena!

Os Vegetais

Os vegetais são os únicos seres produtivos do nosso planeta. Eles, e somente eles, são capazes de produzir seu próprio alimento, além do que fornecem para os animais. Através da fotossíntese retiram o gás carbônico do ar e devolvem o oxigênio, renovando a atmosfera para que os animais possam respirar de maneira mais pura. É um elemento tão necessário ao globo, fornecendo-lhe toda a sorte de matéria prima, do alimento ao remédio, da madeira ao oxigênio, que sem ele a vida seria impossível.

Nascemos amparados por um berço e morremos enquadrados em asfixiante caixão. Recebe-nos a madeira e devolve-nos a madeira, ao seio da terra. A cruz do Cristo era um madeiro pesado; a cruz do operário, um madeiro chumbado.

O mundo desperta para a consciência ecológica, defendendo a flora através de músicas, peças teatrais, livros, associações e passeatas. O Amazonas é conhecido em todo o mundo. As algas marinhas, responsáveis pela produção de mais da metade do oxigênio consumido no planeta, são tidas como bênçãos celestiais. Essa atitude de preservação deverá dominar todas as consciências, quando a educação for realmente valorizada.

Cientistas terrenos têm se empenhado em estudar os vegetais em seus mais variados aspectos. Sabemos hoje que as plantas não têm consciência de sua existência, no sentido de não pensar, de não apresentar percepções inteligentes, mas apenas impressões físicas, resultantes das leis que regem a matéria.

O curvar-se na direção da luz e o acréscimo de vigor quando unidas em monocultura explicam-se pela atração e pela convivência, embora na monocultura haja um esgotamento rápido do solo em seus nutrientes. Quando um vegetal busca ou repele algo, ele o faz por força mecânica, ou até mesmo por instinto de sobrevivência, que gera adaptações contra as hostilidades do meio.

Plantas no deserto não acumulam água? Através de adaptações contínuas, elas construíram para si mecanismos de defesa que lhes facultam sobreviver, sem contudo possuírem uma inteligência funcional.

Testes com detectores de mentira registraram essas impressões, à frente de situações favoráveis à sobrevivência destes seres e mediante situações agressivas à sua integridade. Os resultados comprovaram que existe certa "reação" a nível rudimentar, uma impressão que não pode ser traduzida como efeito inteligente ou como percepção da realidade circundante.

É um efeito vivo, palpitante, de algo que não está morto. Mesmo a sensitiva e a dionéia, com seus movimentos, não manifestam vontade nem pensamento, mas apenas apurada cota de sensibilidade, mais avanço na senda do progresso e da caminhada rumo ao reino animal. São agentes de transição a caminho da animalidade.

Mesmo as pesquisas do zoólogo sul-africano Van Halen, sugerindo comunicação entre acácias através do etileno, composto químico responsável pelo amadurecimento dos frutos, são inconclusivas. Halen admitiu a possibilidade de as acácias, quando ameaçadas por algum herbívoro que delas se aproxime, lançarem etileno pelo ar avisando as mais próximas, que se armariam com um tóxico chamado tatino, cujo efeito é a destruição do fígado do ruminante que ingerisse as folhas envenenadas dessa árvore. Halen formulou tal hipótese observando o modo de seleção que a girafa usa ao alimentar-se. Ela come folhas de uma árvore e evita tocar em suas vizinhas. Essa é uma conclusão precipitada e com grande probabilidade de erro.

Por que este procedimento não ocorre em outros vegetais? Por que Halen não retirou folhas das árvores poupadas pelas girafas para análise, na tentativa de localizar o veneno? Se a girafa evita árvores vizinhas, esse é um comportamento do qual não se utilizam outras espécies herbívoras. Se uma árvore enviasse tal tipo de mensagem a outras, a que recebeu a mensagem poderia repassá-la e a sua vizinha sempre estaria com o veneno pronto para destruir seus predadores. Formar-se-ia uma reação em cadeia.

No mais, por que Deus criaria uma espécie para ser destruída por outra? Não seria mais lógico, como é regra geral na cadeia alimentar, um ser alimentar o outro para que este permaneça e se firme sobre a Terra? O que impediria que os vegetais lançassem venenos em frutos para se protegerem dos humanos que lhes roubam a valiosa carga, aliás, bem mais preciosa que as folhas, pois representam a possibilidade de germinação?

Parece-nos que Halen precipitou-se ao admitir que os vegetais possam comunicar-se por meios diferentes dos usuais a todas as espécies, por inabilidade na aplicação do método científico. Os vegetais são vivos, mas não vão além da vitalidade e dos tropismos naturais que lhes facilitam acomodação no mundo onde vivem. Não sentem dor, não planejam, não sonham, não sofrem.

O sentimento que temos de que o vegetal se alegra com a água que lhe jogamos é nosso. Ele apenas reage com mais vitalidade, mais frutos, mais flores... resposta dada pela matéria ao ser completada por matéria afim que lhe faltava. A matéria precisa da matéria e nós fornecemos os meios de encontro. A alegria é nossa, de jardineiros cuidadosos.

E como a natureza é sempre pródiga, mesmo quando agredida, as flores brotam, o perfume ascende ao ar, o verde tonifica a alma e a alegria é de todos.

Mas como será a vegetação no mundo espiritual? Será verde? Obedecerá às leis biológicas terrenas?

Pelo que já observamos, cada ambiente tem sua flora específica. Em regiões dominadas por Espíritos rebeldes às leis de Deus, a vegetação é raquítica, sem muito verde, com espinhos, tal como a caatinga nordestina na escassez de chuva. Os Espíritos que residem nessas regiões não possuem o sentimento do belo. A estética não faz parte de suas preocupações, e a ambiência que criam com seus pensamentos possui a mesma agressividade que lhes caracteriza. Se a boca fala aquilo que se traz no coração, de maneira análoga o ambiente mostra o que seus habitantes trazem em sua mente, cerne da criação espiritual.

Muitas vezes o médium, em desdobramento, para fazer resgates em regiões tais, segue auxiliado por guias e batedores, vestido com roupas especiais contra acúleos e lanças pontiagudas, que substituem as fartas ramagens dos vegetais floridos da Terra, mas que são abundantes nestes ambientes hostis. O médium, vestido qual vaqueiro, adentra-se em furnas e cavernas no seio das matas, em sua missão de resgatar alguém perdido do rebanho.

Poderia alguém que respira hostilidade ser artesão da cortesia? Legiões de agressivos e rebeldes, com sua força plasmadora, passam para as criações do ambiente aquilo que possuem, pois ninguém oferta o que não tem, nem é o que finge ser. De um povo rebelde ninguém espere lições de mansidão.

No sentido oposto, a natureza nos ambientes onde habitam Espíritos mais evoluídos é agradável e bela. Existe uma preocupação com a beleza, que funciona como terapia para qualquer tratamento. A natureza, aveludada e colorida, com seus tons repousantes, tonificantes e terapêuticos, é usada como indutor de paz e elevação, tida como símbolo da estima que Deus nos tem.

Às vezes, em reuniões mediúnicas, quando algum médium precisa de vitalidade, os mentores o transportam a regiões verdejantes para que sature-se de fluidos, absorva a cota doada ao suicida desesperado, ao enfermo exaurido, ao ensandecido pelo ódio. Os vegetais são usinas de força postas a serviço do homem, que delas não deve abusar.

Nos mundos superiores, eles também funcionam como elemento de beleza e harmonia para os seus habitantes. Os Espíritos falam de flores que absorvem luz solar e à noite, mediante o seu quimismo, liberam essa energia como lâmpadas vivas a clarificar a vida. Citam parques públicos com vegetação domesticada em desenhos graciosos, perfumes suaves e exóticos, flores em arranjos de beleza incomparável para o nosso parco entendimento. A natureza em um mundo feliz não tem motivos para envenenar ninguém, pois sabe-se que ela evolui com seus circunstantes.

Amemos pois as plantas, que tantos alimentos, fluidos e materiais diversos nos proporcionam. Os fluidos vegetais saturam e energizam a água, entram na composição das materializações, nas transfusões energéticas das moratórias que prolongam nossos dias na terra. Sejamos adeptos do verde e da paz, pois se a paz tem muitas cores, certamente o verde nela não faltará.

7

DEDICAÇÃO DOS AMIGOS DO ESPAÇO

Tenho visto e creio que Deus nunca nos aparece em pessoa, mas sim através de uma ação que é responsável pela nossa libertação, em nossas horas mais angustiosas.

Gandhi

Garimpagem

Após pesados dias sombrios, chegaste. Trazias nas mãos ferramentas e sementes, e iniciaste a remover escombros.

Uma tarde, de poente dourado, encontraste uma fagulha reluzente. Redobraste os esforços. Acumulaste muito ouro e temi por ti.

Hoje ainda rebuscas escombros, mas jamais usaste as fagulhas que te pertencem. E foi observando a tua generosidade no trato com a vida e as pedras, que entendi que apenas querias remover escombros.

Dedicação dos Amigos Espirituais

Quando era adolescente, gostava de escrever poesias e descrever fatos da vida e das pessoas. Relendo hoje velhos escritos, lembrei-me da grande paciência que os amigos do espaço têm para com nossas falhas.

Uma das faltas graves e que rotineiramente cometemos, é a indisciplina dentro da sala mediúnica, no que se refere ao clima de silêncio e oração que nela deve ser mantido. Sabemos como ninguém, da imensa necessidade da pureza de pensamentos e de propósitos neste ambiente, tido como sala de emergência para enfermos graves, os quais necessitam com premência da nossa enfermagem para as suas mazelas.

Todavia, nem sempre somos firmes nem fiéis no propósito de auxiliar como bons terapeutas. Claro que não agimos por maldade, mas por displicência, esperando que os bons amigos que dirigem a reunião pelo lado invisível a tudo desculpem, corrijam, determinem, solucionem. É bom lembrar que os Espíritos não são mágicos que, em simples toque, higienizem o ambiente a cada entulho que despejamos na sala. São apenas companheiros um pouco superiores e, às vezes, até iguais a nós em evolução, que têm limitações em sua área de atuação. Seria ótimo cada encarnado armar-se do seguinte pensamento: "Se não posso ajudar, não devo atrapalhar".

O preparo para uma reunião de desobsessão começa, pelo menos, no início do dia da reunião, já que alguns sentem muita dificuldade na preparação diária. Evitem-se neste dia críticas maldosas, anedotário picante, motivos de cólera, bebedeiras... Não é que o médium deva afastar-se do trabalho e dos amigos: é exercer sobre si certo controle, não participando do clima de futilidade que eventualmente possa surgir ao seu redor.

Os amigos espirituais, em sua bondade, levam-nos durante o sono físico para exames perispirituais, visitam-nos preparando um dia saudável, procuram afastar do nosso convívio Espíritos vingativos ou perturbadores de aluguel, inspiram-nos leituras e meditações condizentes com o clima terapêutico de logo mais. Mas é preciso a sintonia do médium para receber tais benefícios.

Ao chegar ao Centro Espírita, para a culminância de tão zeloso apreço de que foi instrumento, o médium não deve entrar em algazarra na sala, a divulgar as "últimas", provocando indagações e repercussões de acontecimentos que nada acrescentam ao grave instante de sobriedade que se iniciará.

Na sala já se encontram pacientes vários, a exigir tratamentos específicos, conforme o drama de que são portadores. Há o que precisa do fluido vital do médium. E se este não estiver apto à doação, por negligência sua? Se tiver se excedido em alimentos pesados, pensamentos maliciosos, sensuais, rancorosos... Como administrar uma transfusão, se o doador está doente?

Comparecem também enfermos que necessitam do silêncio como indutor de reformas e tomadas de decisões. A leitura de página edificante, efetuada no silêncio de quem aguarda o início da reunião, muito auxilia a esse tipo de enfermo. Para este, a reunião já começou e mostra efeitos positivos. Talvez seja este o único atendimento que ele tenha, não havendo a necessidade de ouvir pela doutrinação o que já registrou pela inspiração.

Outros comparecem para receber as vibrações oriundas da prece silenciosa, dos pensamentos direcionados à beleza, à justiça, ao otimismo, à esperança... Tais pensamentos, além de materializar um clima afável para a reunião, atingem o amargurado, o depressivo, o suicida, o obsessor fixo no ódio, desgastando-lhe a couraça em que se prende, favorecendo receptividade no instante da doutrinação.

O médium que executa a sua tarefa consciente dessa realidade é o garimpeiro fiel a Jesus, colhendo virtuosas pepitas para o tesouro instransferível da consciência. Sejamos atentos aos nossos deveres. Não esperemos a chamada de atenção para retirar ervas parasitas da nossa lavoura mediúnica.

O solo dos nossos corações tem a fertilidade que lhe atribuirmos. Lancemos nele as nossas sementes de boa vontade, unidas ao trabalho e ao estudo, e a colheita será farta. Dentro de nós existem muitas fagulhas reluzentes. Não esperemos que os Espíritos venham remover os escombros da nossa preguiça e má vontade para com a vida. Esse trabalho é nosso. Somos nossos próprios garimpeiros, a armazenar tesouros inúteis ou eternos. E ninguém que seja espírita desconhece essa verdade.

Portanto, ferramentas na mão e coração em Deus. Adentre-se à sala mediúnica como o médico, já pronto para a cirurgia que extirpará a enfermidade detectada. O restante, Deus, através de sua misericórdia e assistência, fará.

Como nosso grupo mediúnico também sofria desse descuido, resolvi escrever um cartaz e afixá-lo à parede da sala, com um título curioso, que despertou de imediato a atenção de todos, com conseqüente leitura do seu conteúdo.

Sono Faz Bem ao Médium

Querido amigo participante de reuniões
mediúnicas no *Grão de Mostarda:*

Agradecemos a sua participação e sobretudo a sua dedicação a esse gratificante trabalho. Mas, para que a sua colaboração seja mais prestimosa ainda, sugerimos que volte à velha e sábia regra de manter-se em silêncio, em oração, ou em leitura edificante, dentro da sala mediúnica, nos minutos que antecedem a reunião.

Entendemos que a saudade dos amigos, a alegria do reencontro semanal, as novidades acontecidas, são manifestações humanas saudáveis, mas em alguns casos, inadequadas para uma UTI mediúnica.

Pensando na eficiência e produtividade de nossas reuniões, sugerimos o procedimento aqui descrito para quem adentrar a sala mediúnica, ficando liberado para conversações afetivas, antes ou mesmo depois da reunião; porém, fora do ambiente mediúnico.

Creio que tal comportamento muito auxiliará o trabalho dos amigos espirituais, que geralmente assim procedem em sua silenciosa e humilde cooperação.

Agora que você já leu todo o texto, troque a palavra sono pelo vocábulo trabalho, e bom proveito em nossa reunião.

Muita paz

Diretoria mediúnica.

8

MUNDOS FELIZES

A paz é a única forma de nos sentirmos realmente humanos.

Albert Einstein

O Cometa

Um dos espetáculos mais enternecedores que já presenciei na infância foi observar um cometa na madrugada escura.

A Avenida 13 de Maio não era como hoje se apresenta. Era apenas uma estrada de pedra tosca, vigiada por sentinelas distantes uma da outra; havia postes com iluminação amarela, gerada por lâmpadas mortiças.

Invariavelmente saíamos, eu e meu pai, às três horas da madrugada. Aquilo se automatizara em sua mente. Ele me dava um velho saco de algodão para proteger-me do frio, tomava antigo facão guarany do canto da sala, colocava o despertador em cima do guarda-roupa e saíamos, após escutar o ruído da chave, provocado pelas mãos generosas de minha mãe. O primeiro contato com o vento frio me provocava tremores, no que apertava o improvisado cobertor nos ombros, segurando-o com as duas mãos pelo lado interno, qual grosseiro escudo que apenas protegia o peito.

Tomávamos a 13 de Maio, saudando um que outro guarda-noturno, até chegar à ponte com vastos capinzais de ambos os lados da estrada. O céu, quando a terra está às escuras, parece baixar, mostrando luzeiros, rendados, gotas de prata, que o mais hábil pintor não se atreveria a reproduzir em tela, por absoluta incompetência, visto só Deus deter a verdadeira beleza.

Um dia, apareceu entre aquelas pétalas prateadas do céu uma jóia diferente. Portava uma espécie de cauda luminosa e bela, que de tão brilhante me fez gostar da madrugada e esperá-la com ansiedade. Não que eu cultivasse animosidade para com a noite. Mas o instante de deixar a rede e o manchado lençol parecia uma tortura para meu corpo de sete anos.

Naquela noite, como andava descalço (ainda não existiam as tais sandálias japonesas), de tanto olhar o cometa tropecei nas pedras do calçamento, traumatizando parte do dedo e arrancando metade da unha.

Pela manhã coloquei areia no ferimento, porque é remédio que pobre usa para muitos males. Mas aquilo tudo pareceu sem significação, frente à nova aparição no céu.

No boteco, tropeiros, carvoeiros, prostitutas, taifeiros e soldados da Base Aérea discutiam e analisavam o aparecido. Eu escutava maravilhado cada opinião, embora tivesse a minha própria. Lembro-me ainda que mestre João, o cortador de forragem para a vacaria da região, disse: "A geografia explica que existem esses planetas de rabo". Fiquei admirado com a sabedoria dele. Sempre pensara que ele entendesse apenas de capim. Um soldado atalhou dizendo que não era rabo, e sim cabeleira, e uma velha prostituta chamada Marina profetizou tratar-se de castigo, pois Deus andava zangado com tanto pecado no mundo. Portanto, que se preparasse o mundo para grandes dores.

Mas a minha opinião era diferente. No catecismo, a irmã de

caridade havia falado que, por ocasião do nascimento de Jesus, uma estrela se deslocara do céu, a mostrar o caminho do berço do menino santo. Pois bem! Para mim era a mesma estrela. E nem mesmo a opinião do velho Caetano que dirigia o curtume, e que era sábio, me roubou essa convicção. Disse Caetano que aquilo era apenas um cometa, um astro que girava ao redor do Sol e que poderia voltar em outra época. Gostei apenas da parte que dizia que ele poderia voltar. Caetano não me parecera tão sábio em sua definição e, para mim, naquele instante ficara abaixo da opinião de Marina.

O certo é que nunca mais o vi no céu. Nunca mais o esqueci, embora saiba hoje que Caetano era realmente sábio, e Marina, apenas pobre mulher refletindo pelas palavras os erros de sua consciência de mulher adúltera. E como o cometa que sempre volta, a idéia de vê-lo no céu também volta periodicamente à minha cabeça.

Espero vê-lo algum dia e observá-lo, abstraindo a ciência que já aprendi, pois no íntimo ele continuará sendo, quando surgir, apenas uma nova jóia no céu, que pode transformar crianças em homens e homens em crianças.

Mundos Felizes

Quando comecei a estudar o Espiritismo, quis saber notícias do cometa. Em "O Livro dos Espíritos", capítulo III, pergunta 40, os Espíritos respondem ser os cometas um começo de condensação de matéria e de mundos em via de formação. São apenas blocos de matéria congelada que, atraídos pelo sol, derretem parte de sua substância, que é soprada, formando imensa cabeleira ou cauda.

Kardec cita em "A Gênese", capítulo XV, tomo 4, que a estrela dos magos, a mesma que guiou os reis magos, não poderia ser uma estrela, posto que estas não podem deslocar-se do céu para a terra.

Mas existe a probabilidade de um Espírito ter aparecido sob luminosa forma, guiando os magos para o local onde Jesus nasceu. Um Espírito pode transformar parte do seu fluido perispirítico em foco luminoso e levitar como um astro que se desloque pelo espaço.

Fiquei imaginando como deveria ser belo o céu visto do solo de Saturno. Com muitas luas e anéis, Saturno deve ter uma atmosfera constantemente iluminada por seus satélites e oferecer espetáculo incrível, com aqueles anéis refletindo cores. Seus mares, nuvens, florestas... tudo deveria ser banhado por eterna luz. Planetas assim devem ser mundos felizes. Como seria um mundo feliz?

O Espiritismo parece ter respostas a todas as nossas indagações. E foi no Evangelho que encontrei a descrição procurada. Nos mundos mais evoluídos — citam os Espíritos superiores — a forma dos corpos é sempre, como em toda parte, a humana, mas embelezada, aperfeiçoada e sobretudo purificada.

Posteriormente li no livro "Cartas de Uma Morta", de Maria João de Deus, psicografia de Chico Xavier, que os habitantes de Saturno nada tinham em comum com os tipos de humanidade terrena, afigurando-se extraordinariamente feios, com organização animalesca, com membranas à guisa de asas. Será que Maria João de Deus os considerou feios tomando como referencial a nossa estética terrestre? Não sei. Penso que, se o padrão humano é mais aperfeiçoado nos mundos superiores, eles deveriam parecer belos humanos, e não feios animais.

Como era jovem, aquela contradição me martelou alguns dias, sem contudo me fazer descrer da doutrina. O Espiritismo não tem culpa das nossas equivocadas interpretações. O aprendiz espírita deve se prender à essência doutrinária, aos postulados básicos, em desdobramentos coerentes com a raiz. Revelações espetaculares devem se limitar ao ponto em que esse conteúdo não se altere. Tudo o mais deve passar pelo martelo do bom senso, que esmaga incoerências e prova a firmeza do que é perene.

Mas, continuam os Espíritos, o corpo dos habitantes dos mundos felizes nada tem da materialidade terrena, e não está, por isso mesmo, sujeito às necessidades, doenças e deteriorações decorrentes do predomínio da matéria. São livres. De infância curta, vida longa, velhice sem traumas. Não temem a morte, pois nela não se encerram mistérios, e sim, oportunidades de crescimento. A alma, fora do domínio escravizante da matéria, irradia sua lucidez através da transmissão do pensamento, sempre elevado e construtivo. "A leveza específica dos corpos torna a locomoção rápida e fácil". Não necessitam arrastar-se sob o sol causticante como nos mundos inferiores. Não existindo o egoísmo em suas relações, o orgulho em seus corações, não há guerras ou misérias, apenas o império da justiça exercida com misericórdia. A superioridade intelectual e moral são determinantes das condições e da autoridade que cada um possui. Não há expiação, apenas amor fraternal. Não é o que todos ansiamos?

Todavia, a predominância do mal no planeta emperra a instalação de tão almejada paisagem em nosso ambiente. Amamos egoisticamente, perdoamos com ressentimentos, condenamos sem julgamentos. Trabalho, estudo e oração são instrumentos de poucos. Exploração, acomodação e descrença são ferramentas de muitos. Não há como subir, pisando em ombros de anões. Para subir é preciso perder o lastro do orgulho, da ganância, da prepotência, da ignorância. Ninguém alça vôo de coração chumbado. É necessário antes fazer dietas para ingressar na estreita porta de acesso a outros mundos.

Nesse regime, o Espiritismo oferece o cardápio ideal para uma boa forma. A receita da caridade, a ginástica do estudo, o exercício do trabalho com Jesus. Que ninguém se deixe levar pelo chamamento açucarado dos vícios. Em matéria de religião é necessário ser "diet". Está provado que as pessoas que cultivam um ideal vivem mais e melhor. O Espiritismo é um ideal de vida plasmando uma vida ideal.

Que ninguém adote uma crença cega. O inteligente

racionaliza a sua fé. Troca o céu ou o inferno que lhe apontam por um lugar concreto, onde a realidade é fruto de suas aspirações. Louva a Deus em Espírito e verdade e prepara-se para nascer de novo.

O Espiritismo faz cidadãos otimistas, ecológicos, honestos consigo e com seu próximo, amantes da paz e da vida. O espírita é alguém que não se limita a apenas sonhar com um mundo feliz, mas auxilia em sua construção e instalação. É aquele que procura fazer de sua família consangüínea amigos espirituais, construindo solidariamente os laços da união e da concórdia. Aquele que busca o mal e a injustiça não pode constar nas hostes espíritas, por absoluta incompatibilidade com seus postulados.

O espírita deve ser como aquela jóia que vi no céu quando criança, feita de muitas pérolas. Deve encantar pelo seu procedimento espontâneo e fraterno. Iluminar pelo exemplo, para que seja conhecido como discípulo do mestre. Deve contribuir para que a Terra alcance mais rapidamente o estágio de mundo melhor, com a força do seu reto proceder. Assim teremos um céu com mais brilho, mais crianças felizes a observá-lo, mais flores no campo onde antes era cadeia, menos correntes nos pulsos dos homens.

O Espiritismo não surgiu para ser apenas consolador, mas sobretudo, construtor. Portanto, que ninguém se negue, dentro da Doutrina Espírita, ao trabalho de iluminação e redenção de si e do meio em que luta.

Esse é um pensamento espírita.

9

PERDAS

> O Senhor deu, o Senhor tirou: Louvado seja o nome do Senhor.
>
> *Jó*

A Perda

A primeira sensação dolorosa de perda que senti foi aos oito anos. Tínhamos um carneiro branquinho que viera de Baturité como presente para nós. Ele era a minha alegria e a de meus irmãos. Deitava-se aos nossos pés, passeava tranqüilo dentro de casa, tomava banho conosco e ninguém se importava de recolher seus resíduos.

Nossa brincadeira habitual era medir forças com ele. Encostávamos a cabeça na cabeça dele e fazíamos força para vencê-lo naquele tipo de jogo peculiar à sua espécie.

Ele era mansinho como aquele carneiro do quadro de Nosso Senhor. Nunca nos machucara, e se por acaso nos pisava pés ou mãos, sabíamos ser acidente e calávamos quanto ao acontecido, pois criança sabe superar a dor para não denunciar um amigo.

Todas as tardes nós o levávamos para comer matinho, e ele adorava uma plantinha que minha mãe chamava de Mariana. Ele comia, comia, com aquele jeito de mexer os maxilares, que eram bem juntos e justos, até ficar abastecido. Então o trazíamos para casa, retirávamos os carrapichos e os pega-pintos da sua lã e o banhávamos; à noite o colocávamos para dormir, cobrindo-o com um velho pano de chão.

Podíamos dizer que o tratávamos melhor, com mais carinho do que parecíamos receber dos nossos pais. Era o que eu pensava naquela época de dificuldades, onde os pais, mergulhados nos combates para sobreviverem, esqueciam de dar aquele carinho que dedicávamos ao carneiro.

Seu nome de batismo era Neve, porque já havíamos visto a neve em um cartão de natal que meu irmão encontrara na rua, e julgamos ser o nome mais adequado.

Talvez porque nunca tivéramos brinquedos, aquele animalzinho que se afeiçoou a nós, pelo companheirismo com que o tratávamos, era o brinquedo de todos os instantes de folga.

Quando eu voltava à tarde da escola, retirava um balde com água da cacimba e o oferecia para ele matar a sede. Até mesmo, escondidos de nossa mãe, oferecíamos do nosso almoço para ele.

Mas um dia meu pai chegou com um homem antipático em nossa casa, e passaram os dois a falar sobre o Neve. Ele dizia algo e meu pai retrucava: “É pouco”. Por fim, chegaram a uma conclusão que, para nós (que nada entendíamos do diálogo até então), seria por demais dolorosa. Então o homem deu algumas cédulas a meu pai, amarrou nosso companheiro que estava livre no quintal e o arrastou desapiedadamente pelo terreno.

Eu não suportei. Entendendo o que se passara, desatei em longo choro, pois nosso amigo não queria deixar-nos e nós não queríamos perdê-lo. O carneiro olhava para nós como a pedir auxílio e nós o olhávamos como a pedir perdão pela impotência de nada poder fazer.

Como chorava muito, via o carneiro através das lágrimas,

mais branquinho e brilhante do que em outros momentos. Ele nunca parecera tanto com a neve como naquele instante.

Senti que ia perdê-lo. Quanto é triste perder um amigo! Se ele fosse ao menos ser bem tratado... Mas isso não iria acontecer: ele estava indo para a morte, pois o homem era assassino de carneiros. Fiquei olhando com a alma dolorida àquela cena que ainda hoje não esqueci, até que eles, algoz e vítima, desapareceram no caminho.

Chorei o resto da tarde.

Meu pai ficou mais calado do que era, parecendo envergonhado do que fizera, tangido pela necessidade. Talvez tenha pensado que também tínhamos necessidade daquele amigo, uma necessidade maior que a camisa nova que me trouxe no outro dia.

Guardei mágoa. Uma mágoa que atrapalhava na escola, tirava o riso, me tornava mais velho. Passou muito tempo para que eu ficasse mais dócil novamente. Pois o tempo, esse consumidor de males, foi o único que soube apascentar meu coração, soterrando lenta e tenazmente a perda daquele pobre amigo.

Perdas

Todos nós já provamos, em alguma ocasião da vida, esse sentimento doloroso que é a perda. Devido ao nosso instinto de posse, à nossa falta de educação para as perdas, à não capacidade de renunciar, é que nos frustramos diante da fuga daquilo que julgávamos reter.

Em "O Evangelho Segundo o Espiritismo" capítulo XVI, item 9, podemos ler sábia observação escrita por Pascal, que nos alerta: "O homem não possui seu, senão aquilo que pode levar deste mundo". E tudo quanto podemos levar são méritos e deméritos. Títulos pomposos, riqueza larga, honrarias... são enterradas junto ao cadáver, que tem o mesmo destino frente à natureza, o pó. De posse real, temos apenas os tesouros do intelecto e da moral, imperecíveis, instransferíveis, inacessíveis a qualquer roubo ou seqüestro. De todo o restante de bens que nos cerca, da prataria ao objeto de estimação temos apenas, como cita Pascal, o usufruto.

A atitude de Jó, quanto a tudo perder e manter-se resignado (o Senhor me deu e o Senhor me tirou) demonstra sabedoria, pois ao assumir a resignação, evitou para si os males da revolta, do orgulho ferido, do ódio surdo contra Deus e os homens. Jó conhecia a lei e sabia ser Deus o legítimo proprietário de tudo, aquele que põe e dispõe, adiciona e retira, conforme suas leis soberanas.

No mais, o Espírito é testado em múltiplas situações em sua vida. Ora encarna na riqueza para aprender a gerenciar-lhe os recursos, ora na pobreza, para que lhe suporte as agruras, conquistando os valores da resistência moral, da fé e da esperança.

Diz velho refrão popular: "O que se leva da vida é a vida que se leva". A vida que levamos para o além são nossos valores morais e espirituais.

Jesus, exemplo máximo de moralidade, jamais acumulou bens materiais. A única passagem evangélica na qual ele toma dinheiro nas mãos, é para dar uma lição de justiça aos hipócritas que o tentavam. (Dai a César o que é de César e a Deus o que é de Deus). Jesus praticava a comensalidade. Comia à mesa com o populacho que o cercava. Visitava os ricos, os pobres, os simples, os adúlteros, e dividia o pão acompanhado de prece, de parábolas, de ensinamentos profundos para a vida espiritual. Não tinha, como dizia ele, onde recostar a cabeça. Buscou o Reino de Deus e a sua justiça, e tudo o mais lhe veio como acréscimo, pois não consta que haja lhe faltado abrigo e comida.

Com isso não estamos insinuando que o cidadão largue seu emprego e dirija-se à praça pública para gritar: "Senhor! Senhor!" Há de se cuidar do corpo e do Espírito. Ter um trabalho, exercitar-se nele honestamente, ser previdente (não confundir com cobiça), assistir à família, são necessidades e obrigações básicas do homem.

Todavia, há o tempo para Deus, para o Espírito, para estreitar laços com a espiritualidade maior, preparando-se para as perdas, sem o costumeiro trauma e a notória ansiedade que aflora na alma, quando algo lhe ameaça subtrair algum valor meramente transitório. Urge ter em mente que os valores reais, conquistas no campo do intelecto e da moral, estão ausentes das perdas e danos, e que tudo o mais que nos rodeia está sujeito à transitoriedade da matéria.

Assim agindo, estaremos nos educando para as perdas. Falo perdas pois, em geral, esse é o sentimento dominante em situações tais. Perda da saúde, da juventude, do poder, da riqueza...

Na verdade, apenas interpretamos erroneamente a situação, chamando de posse o usufruto. Não possuímos o que o tempo, ou qualquer outro fator, nos pode tirar a qualquer instante. Daí a necessidade urgente de descentralizar o ego (tirar o eu do centro da vida), afastar as fibras cardíacas, fazendo surgir uma fresta para a entrada da generosidade. Se na gramática da vida o *eu* não deve ser evidência, na Matemática a operação mais usual deve ser a divisão.

A confiança em Deus, a fé no futuro, o conhecimento doutrinário são excelentes armas para um encontro com a morte. Enquanto cultivarmos o sentimento de morte como fim da vida, separação eterna, incerteza atroz, ela será sempre uma inimiga indesejável que só males pode causar. Deus, que criou a vida e a morte, faria algo para ferir ou atormentar seus filhos? Ora, sendo a matéria perecível, haveria de ter um termo. O Espírito, senhor da matéria, é que deveria ostentar a imortalidade.

No estágio em que a terra se encontra, a vida na carne não pode alongar-se muito, como nos mundos mais perfeitos. É mergulho na matéria, com saída breve, levando-se como herança as conquistas do Espírito.

Pobre daquele que se apega demasiadamente a seus bens materiais, tornando-se escravo deles. Na hora de deixá-los, o sentimento de posse prolonga a sua aflição por anos de ininterrupta loucura, podendo tal estado alucinatório acompanhá-lo em reencarnação próxima, sob a forma de complexos de grandeza, mesmo quando viva em situação miserável. A cobiça, a ganância, o egoísmo, são algemas e cadeia impedindo os vôos espirituais para recantos pacíficos.

Para evitar o domínio da matéria sobre a natureza espiritual a Doutrina Espírita nos conclama ao exercício da caridade, a bem empregar a fortuna, ao desprendimento dos bens terrenos. Este último, como lembra Lacordaire, não significa atirar fora o que se possui e tornar-se um mendigo voluntário, transformando-se em peso para a sociedade. Assim procedendo, o desavisado estaria fugindo da administração da sua riqueza, desertando da missão que Deus lhe pôs nas mãos, direcionada ao progresso e à justiça. Lançar fora a fortuna sem finalidade útil é insensatez e indiferença pelo bem que esta poderia gerar, se aplicada com sabedoria.

Os detentores de fortuna material bem que poderiam liberar um pouco do seu peso, transformando-o em pão e livros, tornando suas cargas mais leves. Muitos vivem encarcerados pelo medo de empobrecer, têm fobia de doentes e analfabetos, escondem-se em fortalezas armadas, convivem com a paranóia, são escravos da riqueza que possuem. Algumas vezes, violentam sagrados direitos dos seus dependentes. Se sofrem reações dos atos que praticam, não é por causa de suas riquezas, mas por serem egoístas, adúlteros de leis humanas e divinas, depositários infiéis dos bens que Deus lhes pôs em mãos, apenas para administrar. Esta é bem a figura do servo infiel, que amontoa pão para servir de pasto aos vermes.

Mas, felizmente, existe o outro lado da moeda. O raríssimo rico generoso, caridoso e humano. O que doa e se doa no anonimato, que distribui livros, que mata a fome dos raquíticos. Pensar o contrário é generalizar a miséria e a mendicância, e nosso mundo tem sabido construir variadas exceções. Neste planeta, nem todo homem dorme na claridade e movimenta-se na treva. Vemos despertos que abrem luz diante da escuridão. Que escutam a verdade e a enunciam, que escrevem poemas de paz, que não cercam jardins, que preferem a justiça à piedade.

Aquele carneiro era tudo quanto tínhamos para brincar e

direcionar nosso afeto, que era grande. Que adianta tirar do nosso coração e colocar externamente em nosso corpo ou em nosso estômago? Não é do coração a maior de todas as fomes? Meu pai parecia não entender que a nossa alegria para satisfazer-se precisava de lã naquele instante, e escreveu naquela página de vida um poema sem inspiração, com muita tristeza e pouco movimento.

Na verdade, quem traz o coração esvaziado não se importa muito se seu corpo está cheio. Como meu pai sempre admirou mais a formiga que a cigarra, não entendia a nossa preferência pelo canto, pela poesia, pois julgava que olhávamos a vida pelos seus olhos.

Mas tudo é lição na escola da vida. Aquela perda me fez descobrir novas fronteiras em meu espírito aprendiz. A tristeza me levou a ver um muro em meus sonhos e me fez saltá-lo, descobrindo, além, campo verde com flores amarelas. A vida continua sempre e ai daquele que não aprende a saltar seus muros. A perda é um ganho às avessas. Foi essa a pérola que ganhei do meu velho pai, e na ocasião eu só soube retribuir com aquele demorado silêncio.

10

PARENTELA

> Há amigos que servem simplesmente para fazer companhia; mas também os há mais afeiçoados do que um irmão.
>
> *Salomão*

Réstia

Antes do jantar eu havia olhado a lua em ascensão no horizonte. Aquele fenômeno de agigantar-se e decrescer aos poucos à medida que subia, desde criança, era motivo de vasta observação e meditação para mim.

Pensava na vida, em suas desigualdades. Uns sadios, outros enfermos. Estes a divisarem os céus, aqueles mergulhados na escuridão da cegueira. Alguns surgem no fausto e no supérfluo. Muitos na indigência total.

Quando criança, isso me fazia descrer da bondade e da justiça de Deus. Será que Deus se compraz com a miséria do homem? Na minha ingenuidade de petiz fazia tal indagação à lua, enfatizando as medalhas de uns e as chagas de outros.

Mas, uma noite, quando perdera o sono em divagações acerca da doença de meu pai, uma réstia de luz emitida pela lua entrou sem pedir licença (porque a luz não precisa pedir licença), através de uma fenda na janela do quarto onde eu estava com meus três irmãos. Eles dormiam. Esse tipo de problema não os atingia tanto quanto a mim.

A luz acomodou-se na mesa rústica onde meu pai guardava um livro velho de capa preta e letras miúdas, que à vezes lia e depois ficava longo tempo parado, com o dedo marcando as páginas do livro semifechado, olhando para algum lugar.

Como eu estava sem sono, peguei o volume e fui até a sala, onde não dormia ninguém, e o abri na parte que tinha um santinho com a figura de Jesus colhendo lírios, usado como marcador. Comecei a ler. Era o diálogo de Jesus com Nicodemos, narrado por João (III: 1-12) "... Na verdade, na verdade, te digo que não pode ver o reino de Deus senão aquele que nascer de novo".

Voltei ao quarto. A réstia não estava mais lá. Aquela história de nascer de novo ficou pirogravada em minha mente. Todavia, as intrincadas questões filosóficas que me inquietavam o Espírito permaneceram por largos anos.

Mas um dia, nos idos dezesseis anos de idade, abri a velha lata de leite onde guardava moedas e as coloquei em meia de sapato, saindo para me dar um presente. Alguma coisa nova e que pudesse guardar como sendo realmente minha. E comprei um livro, motivado pela curiosidade de saber e de criticar, velho hábito que ainda cultivo. Seu título: "O Livro dos Espíritos".

Li com velocidade as 1018 perguntas e respostas, e tornei a ler mais demoradamente. Aquilo já me haviam dito, não sei onde, não sei quando, mas alguém já me passara aquele conteúdo. Aqueles ensinamentos apenas acordaram em mim, motivados pela leitura que fizera. Entendia agora a função da luz como revelação divina. No começo, Deus disse: "Faça-se a luz!" E a luz se fez. Jesus nos concitou a buscar a verdade como meio de iluminação, com conseqüente libertação.

Após a leitura, voltei a ficar com insônia naquela noite. Estava inquieto pelo reencontro com as minhas verdades. Esperei a lua cheia relembrando a lição que antes não era entendida por mim. E sendo eu, a lua, a luz e tudo quanto existe nesse vasto mundo, criações divinas, agradeci pelo excesso de misericórdia com que era tratado.

Parentela

A família consangüínea é o núcleo onde se reúnem velhos amigos ou antigos inimigos. Estruturada antes mesmo do reencarne de seus membros, que se comprometem na sua formação e sustentação, traz o estigma da antipatia, da afinidade, da fraternidade ou da rebeldia, resumindo as características que seus componentes têm.

Admira, às vezes, o grau de belicosidade que reina em determinada família, onde as condições materiais são satisfatórias. Existem bens materiais, mas a afetividade passa ao largo, substituindo-a a cisma, a mágoa, a irritação e a ingratidão. São Espíritos que se antipatizam; inimigos de ontem, não se toleram em convivência, registrando completa repulsa fluídica, inclusive nas preferências.

Embora o esquecimento das causas lhes impeçam acusações formais, o inconsciente, registrando a antipatia, deixando-a fluir para o consciente, provoca incontrolável repulsa à vontade firme nas mudanças. Desconhecem no estado de vigília o motivo, mas reconhecem que não se encontram entre amigos, embora vivam sob o mesmo teto. Em um mundo de provas e expiações esse é um quadro comum. Há mais praças de guerra no globo que parques floridos, por enquanto.

Mas, se a família consangüínea nem sempre é pacífica em seu atribulado parentesco, a família espiritual une-se pelos laços da fraternidade. A situação consangüínea é circunstancial e passageira, a espiritual é para todo o sempre. Temos parentes e amigos. Feliz de quem tem parentes amigos, ou seja, a família consangüínea pertencente à parentela espiritual.

Mas, se por vezes os familiares entre as paredes do lar não se entendem, os amigos, fora delas, se completam e se doam, respirando felizes a mesma porção de ar. Na verdade, quem encontra um amigo está na condição do garimpeiro que resgata a mais bela esmeralda de sua existência. Quem possui um amigo é alguém em plenitude. É alguém que ousa afrontar o deserto sem suprimentos, pois sabe que nunca estará sozinho. Um amigo é o amor desdobrado em muitas ações construtivas.

Muito cedo encontrei um amigo que me trouxe muitas chaves. A mais brilhante abria vasto salão com grande biblioteca, que era o seu coração. Ele gostava de ler e discutir comigo o que lia, e nessa discussão eu ia aprendendo coisas que parecia conhecer. Essas coisas novas provocavam grande brilho nos olhos do meu amigo e intensa agitação dentro da minha cabeça. Ficávamos mais calmos quando discutíamos Gibran, Cervantes, Hesse, Erasmo, Exupery... e agitados com Marx, Nietzsche, Dante, Shopenhauer... Meu amigo sempre foi culto e inteligente e me fascinava com os pensamentos elaborados no seu silêncio, que era pouco.

Com ele tomei o primeiro porre da minha vida e adoeci. Depois nunca mais bebi.

Quando aprendi a tocar violão, fizemos serenatas para muitas mulheres que jamais víramos, levando carreiras, terminando por fazer sambas em mesas de bares.

No futebol, grande paixão de nossas vidas, fizemos muitos gols dignos de craques, pois manejávamos a bola com muita habilidade.

Quando ingressamos no Espiritismo, entendemos a razão daquela grande amizade. Éramos da mesma família espiritual. Aquela descoberta (lógica) só fortaleceu mais a nossa amizade, que nunca sofreu ranhuras, pois entendíamos um ao outro e perdoávamos mutuamente nossas falhas. Ainda hoje, nesse minuto em que escrevo sobre ele, somos os mesmos amigos com amizade maior.

Muito devo a essa personagem que Deus colocou em meu caminho para me ensinar lições de fidelidade. Fernando Lopes simboliza bem a amizade, bálsamo nesse agressivo mundo, chuva sobre sementes, cantiga de ninar sobre o berço da esperança.

Falo tais coisas para que a amizade nunca venha a faltar entre os companheiros de uma casa espírita. Dedicados aos freqüentadores, preocupados com os problemas de quem chega, esquecemos às vezes o amigo mais próximo, que convive conosco no espaço do templo. Como ele é figura comum, que nunca falta ou reclama, não nos pede conselhos mas oferta-os, julgamos que ele está sempre saudável e otimista em sua condição de doador. Ocorre que, na sua humildade ou sobriedade, pode carregar pesado fardo que não se anima a dividir, por julgar absoluta prioridade dos serviços da casa o atendimento a quem chega.

A casa espírita funciona devido a seus trabalhadores e a sua comunidade. Na guerra, o soldado ferido tem prioridade de atendimento, para que possa estar apto a retornar ao campo de batalha. O núcleo espírita, obrigatoriamente, deve ser uma parentela espiritual. Irmanados por afinidades e pelo amor fraterno, nenhum dos seus habitantes deve sofrer constrangimento em pedir auxílio, seja lá de que espécie for, pois essa é a razão primeira da existência do templo espírita, o exercício da caridade, e ela deve começar em casa, na família. Se a amizade não serve para resgatar, nem para erguer, o sepulcro é o seu lugar.

É bem verdade que cada um deve carregar a sua cruz, mas é legítimo que cada cruz, tendo duas pontas, reclama a presença de mais alguém para transportá-la. A cruz tem a medida e o peso que a fraternidade lhe dá. Se não materializamos nossos conselhos em casa, jamais os tocaremos.

A família é uma bênção que Deus oferece para a harmonização do nosso Espírito com seus componentes. É muleta para os nossos aleijões. Recomeço que não deve ser encarado como cerceamento de vontades, mas vontade para o cerceamento, ou seja, consciência de que velhas práticas e velhos hábitos não devem ser repetidos na presente oportunidade.

Se nossa família consangüínea é a nossa família espiritual, bênção redobrada, fortaleçamo-nos na alegria e na fé. Se nossos irmãos possuem apenas nosso sangue, diferindo em nossas aspirações, então a luta é maior: renúncia, compreensão, perdão, caridade, justiça... essa é a munição. Quando a luta é grande a vitória é grande. Não desprezemos os sagrados valores da família. São pérolas, e como tal, ficam bem nos braços de Afrodite, mas os porcos nunca sabem o que fazer com elas.

Aquele diálogo de Jesus com Nicodemos me fez entender o significado do nascer de novo. Que não existe ressurreição e sim reencarnação. Como poderia ressurgir alguém usando um corpo já incinerado, resumido a trilhões de átomos agora libertos e fazendo parte da constituição de outros seres vivos? Não. Retorna-se pela porta do ventre para os mesmos a quem amamos ou odiamos. E isso também discutimos, eu e meu velho amigo de tantas batalhas.

Fernando. Obrigado por fazer parte da minha família. Se um diamante é para sempre, nossa amizade é para a eternidade.

(N.E.) Afrodite: Na mitologia grega, deusa da beleza e do amor.

11

O MÉTODO CIENTÍFICO

> Fé inabalável é somente aquela que pode enfrentar a razão, face a face, em todas as épocas da humanidade.
>
> *Allan Kardec*

Vôos

A minha alma é íntima de grandes aventuras. Gosta de conquistas espaciais, de explorar desertos, pólos, luas. A minh'alma não se contenta em quietude, mas em grandes vôos.

Gosta de admirar o mundo do pico Everest. Um dia, a minha alma descobriu um monte mais alto em Marte, o Olympus Mons, e mudou-se para lá até que descubra um monte maior.

Às vezes pergunto por que minh'alma é tão aventureira e tão profundamente analítica, e não sintética. Por que não se contenta como as outras almas, com sua casa, suas vestes e sua alimentação de cada dia.

Mas a resposta vem presto engatilhada, como sempre esteve. Meu alimento é a liberdade de voar, de aprender, de ir sempre mais além, mesmo aprisionada às paredes que meu corpo fez.

Tenho certeza de que, se um dia for possível ir aos anéis de Saturno ou à enorme mancha de Júpiter, ela irá, e se esses obstáculos forem transponíveis ela irá além.

Ciência e fé alimentam a minha alma. A minha ciência é fé e a minha fé é ciência. Admiro um Deus de bondade e sabedoria. Jamais admitiria um Deus que desarruma a casa para agradar alguém.

O Deus que admiro é o maior de todos os cientistas, pois fez a própria ciência. Como é ilimitado, e jamais pude prendê-lo em meu método científico, é a razão maior da minha vida de pescador. Lembro que na infância amava as raízes. Depois esse carinho estendeu-se aos troncos, às folhas, às flores, aos frutos, às nuvens, à chuva, ao céu... Que mais almeja essa alma tão elétrica e garimpeira? Qual será o limite, o objetivo, o prazer maior que busca? Será sempre aventura sem fim?

Mas minh'alma, que tem sempre respostas prontas no que tange às suas buscas, diz: "A maior de todas as aventuras é o encontro definitivo com Deus". E é por isso que ela não pára de navegar.

O método científico

A ciência é filha da necessidade e irmã dileta da curiosidade.

Desde crianças, acostumamo-nos a observar e a crer que os ciclos da natureza igualmente se repetirão para nós, à medida que formos desbravando o mundo e devorando livros que contam histórias de homens curiosos com seus eternos porquês.

Já encontramos um mundo repleto de leis, com espaços ocupados por seres e coisas que possuem nomes, funções, esquematizados em contexto direcionado pelo bom senso. Como é costume dizer-se no meio científico, o bom senso é o guia normal do homem, na solução de suas dificuldades. Dados e informações alinhados no roteiro desse guia têm grande probabilidade de serem comprovados dentro da ciência, no período de observação de um fato, período este chamado de pré-analítico. O bom senso, mesmo sofisticado, que já é ciência em construção, ainda necessita passar pela aprovação do método científico.

Digamos que alguém queira saber se, no fenômeno chamado materialização, a matéria que reveste o Espírito materializado vem do médium ou de outra fonte. Como deveria proceder? Para que a pesquisa desse alguém fosse segura e tivesse validade, ele teria que seguir os passos habituais do método científico, quais sejam:

1. Observação. Ele deveria observar detalhadamente o fenômeno, procurando obter dele o maior número de informações. As observações nessa etapa podem ser feitas diretamente, por ocasião da ocorrência do fenômeno, como também através de pesquisa livresca ou realização de experiências.

2. Hipóteses. Feitas as observações necessárias, o pesquisador parte para a formulação de hipóteses, que poderão ser comprovadas ou não.

Admitamos que a hipótese seja a de que o material que permite a materialização do Espírito é retirado do corpo do médium.

3. Experimentação. Escudado no bom senso e nos conhecimentos adquiridos nas etapas anteriores, o pesquisador realiza experiências para a comprovação ou não da sua hipótese. Caso não haja comprovação ele deverá formular novas hipóteses e submetê-las a outras experiências para comprová-las.

Aqui o pesquisador poderia, por exemplo, pesar o médium e o Espírito materializado, antes e depois da ocorrência do fenômeno; tingir com corantes o ectoplasma formador da materialização, visando observar se o corante apareceria no médium, e outras experiências que ele julgasse convenientes.

4. Lei científica. Caso as hipóteses do pesquisador sejam confirmadas por experiências, elas passam a ser lei científica. Será então publicada para que a comunidade científica tome conhecimento dela e possa verificar a sua validade.

5. Teoria. Comprovados os resultados, que por sua vez

devem explicar satisfatoriamente as leis sobre determinado fenômeno, o pesquisador terá formulado uma teoria.

Em nosso caso, o pesquisador teria como conclusão (teoria) que o ectoplasma do médium era na realidade o que ele desconfiava ser, ou seja, o agente plasmador do corpo do Espírito na materialização. Assim procederam os grandes pesquisadores do passado como Crookes, Aksakof, Zöllner e outros. É por este motivo que não temos uma comprovação científica da reencarnação.

Existe a hipótese, que ainda não foi transformada em lei, pela dificuldade encontrada na experimentação e na confirmação da lei científica. As provas filosóficas, os argumentos, apesar de contundentes a favor da reencarnação, não bastam para elevá-la à categoria de lei no campo da ciência.

Por isso Kardec incluiu na "Introdução ao Estudo da Doutrina Espírita", capítulo VII de "O Livro dos Espíritos", a seguinte observação, que a muitos pode parecer uma contradição ao seu estilo defensor de um Espiritismo respaldado pela ciência.

Diz Kardec: "As ciências vulgares repousam sobre as propriedades da matéria que se pode experimentar e manipular à vontade; os fenômenos espíritas repousam sobre a ação de inteligências que têm sua própria vontade e nos provam a cada instante que elas não estão à disposição dos nossos caprichos. As observações, portanto, não podem ser feitas da mesma maneira; elas requerem condições especiais e um outro ponto de partida; querer submetê-las aos nossos processos ordinários de investigação, é estabelecer analogias que não existem. A ciência propriamente dita, como ciência, portanto, é incompetente para se pronunciar na questão do Espiritismo: ela não tem que se ocupar com isso e seu julgamento, qualquer que seja, favorável ou não, não poderia ter nenhuma importância. O Espiritismo é o resultado de uma convicção pessoal que os sábios podem ter como indivíduos, abstração feita de sua qualidade de sábios; mas, querer deferir a questão à ciência, equivaleria a decidir a existência da alma por uma assembléia de físicos ou de astrônomos. Com efeito, o Espiritismo está inteiramente baseado na existência da alma e do seu estado depois da morte. Ora, é soberanamente ilógico pensar que um homem deve ser um grande psicólogo porque é um grande matemático, ou um grande anatomista. O anatomista, dissecando o corpo humano, procura a alma, e porque ele não a encontra sob o seu escalpelo, como nele encontra um nervo, ou porque não a vê fugir como um gás, conclui daí que ela não existe, porque ele se coloca no ponto de vista exclusivamente material; segue-se que ele tenha razão contra a opinião universal? Não; vede, pois, que o Espiritismo não é da alçada da ciência."

Cientista e pedagogo, Kardec sabia do valor inestimável da ciência em qualquer realização humana. Conhecia e usava a investigação, a refutação, a argumentação, a linguagem científica em toda a sua atividade. Respirava ciência, por isso à Doutrina Espírita nunca faltou o oxigênio da verdade.

O Espiritismo em seus três aspectos, que se complementam, não podendo jamais abandonar nenhum deles, nenhuma razão teria para ser anticientífico, pois no instante em que assim se declarasse, já estaria soterrado. O Espiritismo é um rochedo de base triangular que jamais será corroído pelo tempo. Ciência, filosofia e religião fazem parte do Espírito, como um tesouro e herança sagrada que ele recebe e doa, na estrada infinita da evolução. O Espiritismo é a mais bela pérola no grande colar formado pelas religiões espiritualistas. Quem o encontrou e por ele se deixa penetrar conhece a verdadeira essência da vida.

O que Kardec quis enfatizar, em sua época, foi a dificuldade que a ciência atrasada e cheia de preconceitos teria para comprovar os fenômenos abstratos do Espírito, inacessível à parafernália dos laboratórios.

Senhor de muitas sutilezas, o Espírito ainda continuará a desafiar o avanço tecnológico do nosso século, a resistir em sua cidadela, que um dia será devassada pela ciência. Ele está tão perto que o tocamos pelas mãos da religião e da filosofia, mas ainda bem distante dos teclados dos computadores e Raios-X das salas de anatomia. Mas essa é uma tarefa da ciência e cremos que a isso ela não se furtará. Essa aventura, que é a descoberta do Espírito, é o desafio maior que enfrentamos, mas que um dia será superado e cantado por madrigais físicos e matemáticos.

Claro que Kardec sabia disso.

12

SEXUALIDADE AVILTADA

O sexo fez o lar e criou o nome de mãe.
Emmanuel

A Namorada

Quando fazia o quinto ano primário, na Escola Industrial de Fortaleza, vieram nos visitar muitas alunas da Escola Normal que cursavam o quinto ano do magistério.

Eu tinha então doze anos.

As alunas invadiram a nossa classe, conversaram conosco... Não sei por qual motivo, uma delas começou a fixar-me demoradamente e depois olhou para o chão, como se tivesse vergonha por ter sido surpreendida em algo errado.

Naquela época não havia namorada em meu mundo. Não sabia nada sobre o sexo e a única pessoa que me havia beijado era minha mãe. Por incentivo dos colegas escrevi pequeno bilhete, e um deles encarregou-se de entregá-lo à moça.

"Será que dá para a gente se encontrar lá na quadra?" E deu. Ela disse que sim ao Valério e eu fiquei com aquela coisa estranha no estômago, esperando a aula terminar. Inútil perguntar o que o professor dizia, pois eu nada escutava. Fazia planos. O que fazer? O que dizer? Não concordava com a opinião dos colegas, cuja maioria aconselhava para agarrar logo.

Depois de uma eternidade a sirene tocou e eu fui para a quadra como quem vai para um pelotão de fuzilamento. Minhas pernas não iam firmes, o coração estava com taquicardia, a voz emperrava...

Apresentei-me. Conversamos algum tempo sobre coisas bobas, não saindo na conversa absolutamente nada do que eu planejara. Nem sequer peguei em sua mão, mas minha fama de galã se espalhou pela classe, juntando-se a uma outra que já era firme, a de piadista.

Seu nome era Mirtes. Tinha um sorriso bonito e passou algum tempo passeando em minha cabeça. Nunca mais a vi. Mas aquele encontro marcou muito pela descoberta do sexo oposto. Alguém se interessara por mim e aquilo era maravilhoso. Precisava aprender o que fazer nesses instantes, pois aquilo poderia acontecer novamente e pegar-me desprevenido.

E foi então que fui aprendendo com os amigos da escola a teoria sexual que meus pais jamais me contaram. Não para empregá-la quando a namorada surgisse, mas como parte da vida, e me assustei muito quando descobri como nasci. Nas aulas dos meus amigos, técnicos em sexologia, existia vasto material didático. Piadas, contos, fotos de mulher despida, calendários com bustos que nos hipnotizavam, e tudo isso passava de mão em mão por baixo das carteiras escolares.

Era então um pré-adolescente, e como tal, teria que enfrentar mais esse conflito. Situar-me entre a pureza que trazia dentro mim e a descoberta do sexo, que parecia exercer estranho fascínio em todos nós da quinta série.

Sexualidade aviltada

Como educador tenho enfrentado as apaixonites de algumas alunas sonhadoras. O melhor é fingir que não se entende e ir esclarecendo, através das aulas, que realidade é o local onde se coloca o pé e não a cabeça. Lógico que algumas adolescentes, principalmente as carentes, transferem para o professor (nem todas) as suas aspirações emocionais no campo sentimental, que começa a eclodir com seus incontáveis megatons.

É uma idade linda, um sofrimento indefinível, uma insegurança, uma dificuldade em trabalhar a afetividade, uma vontade de ser herói (às vezes bandido), um frenesi pelo sexo, uma certa atração pelo perigo...

Ora! Sabe-se lá definir o que é um estágio adolescente! Essa idade de revoluções torna o jovem um pouco fragilizado, e é então que alguns transferem para o seu professor o sentimento desordenado por alguém que um dia vai chegar.

Corresponder?! Bem tolo seria aquele que o fizesse, pois o sentimento mutante do jovem o esmagaria. Além do mais, ética e caridade caem bem melhor nesses casos de transferência. O ideal é fazer com que a fraternidade dirija esse tipo de relação, certo de que em breve ela (a jovem) estará em outra, e pedir a Deus que, quando isso acontecer, tudo seja marcado pela dignidade, único fio que realmente prende os humanos.

O jovem parece ter hoje os mesmos conflitos que tive na adolescência. Todavia, com mais liberdade sexual, à espera de mestres que lhe propiciem a auto-afirmação, a identidade que busca. Alguns, para provarem que são "machos", trocam constantemente de namoradas, esvaziando um sentimento que brota generoso. Outros vão em busca do sexo desvinculado da ternura, que deve existir em corpos que se abraçam. Uns crescem e descobrem os objetivos da vida. Outros deixam que a vida lhes descubra, em estado neurótico, de quem não cresce. É a vida com suas lições de sempre.

O exercício sexual é algo a ser usado com moderação e racionalidade. Compartilho da opinião de Joanna de Ângelis, quanto ao sexo assemelhar-se a uma viagem. O ato sexual é o resultado de uma viagem que se programa com muito cuidado e se faz com rara beleza, até a hora de chegar-se ao local desejado. O importante em uma viagem, o gratificante, é a curtição de todos os momentos. A preparação, as perspectivas, o trânsito e, por certo, a chegada. Muitos crêem que o bom de uma viagem é chegar-se lá. Os que são sábios porém, compreendem que a importância começa com a própria viagem, considerando-se que, não raro, há muitas chegadas decepcionantes.

Em oposição ao pensamento da viagem, encontramos no capítulo da sexualidade aviltada a chamada hipersexualidade, ou seja, o compulsivo desejo de fazer sexo, já reconhecido pela Organização Mundial de Saúde como doença, sob o rótulo de "impulso sexual excessivo". Doença depressiva, a hipersexualidade faz com que o indivíduo perca o controle dos seus impulsos, tornando-se incapaz de manter relações afetivas duradouras, alojando-se num mundo de fantasias sexuais.

Uma pessoa com tal distúrbio não se estabiliza em nenhum emprego, afasta-se dos amigos, gasta o que possui em motéis e se expõe, ao abordar qualquer pessoa com o propósito de manter relações sexuais. Esse desejo compulsivo pode ser homossexual ou heterossexual, e ocorre com homens e com mulheres.

Nos casos de hipersexualidade, as preocupações sexuais dominam o pensamento consciente do indivíduo, mesmo após a realização do ato sexual. É uma sede que não passa, chamando a ele obsessores e vampiros vinculados ao sexo, que se comprazem com a sua conduta.

Essa doença diferencia-se da satiríase no homem (exaltação mórbida do impulso sexual), da conduta do Don Juan e do galanteador, que se alegram em ter grande variedade de parceiras sexuais.

Igualmente não deve confundir-se com a ninfomania (desejo

sexual exacerbado e compulsivo nas mulheres) ou com a promiscuidade, que leva a mulher a praticar atos sexuais deliberados, com ou sem desejo ou prazer sexual.

O enfoque acadêmico da hipersexualidade desdobra-se na área psicológica e na área orgânica. Nesta representada por lesões na área límbica do cérebro, epilepsia psicomotora, síndrome de descontrole e uso de drogas. Naquela, são as alterações da personalidade, e as manifestações secundárias de algumas psicoses. Pessoas compulsivas, no que se refere ao sexo, não agem em função de uma real necessidade sexual, de vez que nas pessoas normais, após o ato praticado, segue-se uma sensação de relaxamento e bem-estar, sentindo-se as mesmas recompensadas pelo que doaram e receberam, ocorrendo o declínio do desejo.

No compulsivo existe uma necessidade narcisista de mascarar sentimentos inconscientes de inadequação. Tais indivíduos mantêm a auto-estima através de conquistas eróticas que "provam" ser ele potente e desejado; vivem na busca de novas aventuras que, concluídas, lhes deixam a dúvida de sua capacidade de conquistar outras mulheres. Esse comportamento também é válido para as mulheres.

Quando essas atitudes compulsivas são frutos de obsessão, o Centro Espírita tem condições de curá-las, a depender do obsediado querer ou não, pois existem os que se afinam e sentem falta de seus obsessores quando estes são afastados, promovendo-lhes o retorno. A permanência de tais Espíritos junto ao encarnado em pouco tempo o debilita, devido à drenagem de energias vitais que fomentam através da indução ao sexo. Esses Espíritos, viciados no sexo quando encarnados, continuam com os mesmos desejos deseducados após o desencarne, e para satisfazê-los procuram encarnados desejosos de sexo, induzindo-os pelo pensamento à busca de prazer, no que se tornam fiéis parceiros e amigos, ou, melhor dizendo, parceiros e escravos, que se algemam pelas pesadas correntes dos vícios.

Toda e qualquer viciação apresentada por um indivíduo possui gênese espiritual, e esta é a razão de muitos fracassos da terapêutica acadêmica, que visa apenas o corpo, esquecendo a parte essencial e sobrevivente do ser, a alma. Trata a roupa, a casca. O miolo e a essência, perispírito e Espírito, nem sequer são cogitados em seus compêndios. Mas é o Espírito a sede das sensações e dos desejos. Quando ele é frágil, deixa-se prender e condicionar por determinados prazeres, tornando-se deles prisioneiro sem força para a libertação, até que um ideal, o amor real por alguém ou algo, o retire do cárcere onde se alojou.

Sendo a viciação do sexo (e de qualquer natureza) patrimônio do Espírito, apresenta-se em qualquer classe social, em qualquer sociedade, desde que ali haja homens que sejam Espíritos imperfeitos, vinculados à indisciplina e à rebeldia às leis de Deus.

Quanto mais se eleva o Espírito, mais ele sublima a função sexual, transmutando-a em afetividade, afinidade de gostos, companheirismo, compartilhamento na busca da beleza e da perfeição. O amor, regente da função sexual, vai aos poucos predominando sobre a natureza carnal, terminando por envolver todo o relacionamento naqueles que compartilham a caminhada.

Em nosso estágio evolutivo o amor está vinculado ao sexo, tido como manifestação de amor, o que é admissível e coerente para nossos padrões. O amor, contudo, engloba todas as vivências e sensações da alma, e não apenas o sexo, porque ele é o pincel com o qual Deus pintou o universo.

Sexo é saudável troca de energias psicofísicas, quando praticado sob a diretriz do amor. E quando há amor, a frustração, as compulsões, as depressões, as culpas, a frigidez, os recalques e complexos saem em busca de um coração vazio dele, para enchê-lo de angústia. Essa lição o Espiritismo me ensinou muito cedo, para que o arrependimento não me esmagasse mais tarde.

13

O PRINCÍPIO INTELIGENTE

Onde os animais tomam o princípio inteligente que constitui a espécie particular de alma, da qual eles são dotados?
— No elemento inteligente universal.

"O Livro dos Espíritos",
Allan Kardec, Pergunta 606

Bala

No quinto ano da minha existência atual, em 1954, um santo homem, e eu o achava santo porque me dera um presente, trouxe-me uma cadelinha branca com manchas negras para que eu a criasse. Ela era novinha. Gostava de dormir mais que alimentar-se.

Todavia, duas semanas após, como predestinada à bravura, ela invertera o processo, esquecendo o sono e colocando toda a nossa casa em constante agitação. Treinada que era por nossas brincadeiras, ela não deixava ninguém sem a sua marca.

Levava chinelos para o quintal, mordia as calças do meu pai, tomava café no chão conosco (na mesa de nossa casa só cabiam nossos pais), onde aprendera também a comer o pão.

Quando ela se aquietava embaixo de um cajueiro que havia em nosso quintal, eu chegava devagarinho, abaixava-me, e soprava no focinho dela. Bala, pois esse era o seu nome, por causa da sua velocidade na corrida atrás de nós, abria os olhos, às vezes um, de outras dois, e rosnava. Aquela brincadeira eu adorava. O encostar o nariz no focinho gelado de Bala, e soprar só para ver o barulho raivoso dela por ter sido interrompida em seu sono era uma curtição. Depois, Bala não se limitou apenas a rosnar. Levantava-se rápida, digna de seu nome, e saía a correr perseguindo nossos calcanhares com seus dentes pontiagudos e branquinhos. A disparada terminava nas redes, onde ficávamos sendo arranhados por dentes e unhas.

Uma vez ela pulou e mordeu o fundo da rede, e como não largava a sua presa, ficamos balançando a uma grande altura, com ela pendurada como um malabarista. A partir daquele dia estava inventado o circo caseiro. Não era rotina, mas de quando em vez, amarrávamos Bala pelo pescoço com cordões que retirávamos de nossas redes e íamos à calçada esperar os passantes, somente as mulheres; os homens poderiam agredir-nos. Quando elas se aproximavam de nós, largávamos parte do cordão retido, e Bala avançava nas pernas das mulheres provocando saltos e gritos nervosos. Então fazíamos aquele alarido: "Chega, gente! Pega ela! Senão ela estraçalha a mulher! Ela é muito valente!" Imagine. Bala era um belisco. Pequena como a fraternidade dos homens.

As reações eram sempre imprevisíveis. Algumas mulheres até sorriam e entendiam a nossa necessidade de aventuras. Outras mostravam carantonhas indecifráveis, onde só conseguíamos ler e ver, em relevo ostensivo, o selo do desprezo. Com estas demorávamos mais a domar a fera e a sanar o pseudo-acidente, exercendo a filosofia, mesmo sem sabermos, que prescreve ser o que se recebe fruto do que se doa, como dizia Francisco.

Bala era incorrigível quando se tratava de pendurar-se nas varandas das redes. Parecia ter vocação para grandes espetáculos.

Uma tarde, quando o sol preparava-se para dormir, estávamos sentados com Bala na calçada, e veio o caminhão que vendia gás de cozinha para atender a nossa rua. Bala ergueu as orelhas como a querer enfrentá-lo. Acho que era a primeira vez que ela via um caminhão daqueles. Antes que pudéssemos fazer algo, ela tomou impulso e correu para a morte. O pneu deixou Bala na horizontal, posição oposta ao seu modo de vida.

Houve grande comoção naquele dia, principalmente quando a enterramos em um terreno baldio e meu irmão fez uma cruz de gravetos para ela.

Na hora de almoçar e jantar, mesmo passados dias, ainda parecíamos sentir a sua presença, negada pela imobilidade das redes e a ausência das tropelias. Sem ela a vida ficou mais seca, como secas e estéreis são as ausências. E não há como ou por que negar.

Paradoxalmente, aprendemos muito com ela, principalmente a cultivar, malgrado o acontecido, sementes de alegria para enfrentar o lado triste da vida, que era maior. Mas, a pouco e pouco, fomos saindo da crosta da melancolia e ingressando no ritmo da existência, enxotados pelo espírito de sobrevivência, cuja lei é vida, e não sonho; é arado, e não descanso.

Por longo tempo pedi secretamente a Deus que nos fizesse aparecer outra Bala. Passei muitas luas esperando que qualquer dia ela amanhecesse embaixo da minha rede, com aqueles olhos fechados e as orelhas moles tapando os ouvidos.

Mas Bala nunca apareceu. Hoje ela é apenas lembrança. Um capítulo do longo e belo livro da minha infância, onde eu ainda não entendia o que era chorar sem verter água e achar graça sem fazer barulho.

Ainda hoje não sei como Deus faz os animais. Mas a Doutrina Espírita me ensinou muitas coisas sobre eles.

Vejamos algumas.

O Princípio Inteligente

Algumas pessoas pensam que os animais possuem uma alma pronta, sem necessidades evolutivas, e outras, que os animais não possuem nada de essência espiritual, constituindo-se apenas em amontoados celulares no ponto exato para serem digeridos.

Somos dos que pensam que existe um princípio inteligente, algo atuante e inacabado, submetido à lei de progresso, como tudo no universo. Esse princípio inteligente que o animal traz não é capaz de abstração por si próprio, de aprofundar mensagens inteligíveis com os humanos, de arquitetar planos de vingança ou de previdência.

Todavia, possui inteligência rudimentar, centrada e usada em suas necessidades naturais de sobrevivência e continuação da espécie.

Mas como será que Deus constrói o princípio inteligente? Bem, isso nós não o sabemos, o que não nos impede de especularmos a respeito. Será que o elemento inteligente está contido no fluido cósmico universal, dele se diferenciando quando desperta da sua letargia, ocasião em que começa a atuar sobre a matéria mais grosseira? Não tem certa lógica pensar que Deus, ao invés de fazer dois planos, um para a matéria e outro para o Espírito, optasse por um único, com esses dois princípios? Pensando assim poderíamos indagar: será que do fluido cósmico universal, do qual tudo se origina por diferentes arranjos moleculares, não poderíamos extrair a sua essência mais etérea a constituir-se em princípio inteligente? Esse tipo de raciocínio nos leva a duas indagações básicas. O princípio inteligente ou o elemento inteligente do universo encontra-se disseminado no cosmo, unido ao fluido universal? Tem o princípio inteligente autonomia para gerir sua aprendizagem ou é dirigido por técnicos da criação? Para manifestar-se no mundo da matéria densa, o princípio inteligente precisa necessariamente de um veículo de manifestação. Necessita de um envoltório. Deus fez o princípio inteligente com um esboço perispiritual que o reveste, ou o capacitou a construí-lo? Sem ele, não há como interferir na matéria, o que nos leva a outras imersões no campo filosófico. Senão, vejamos:

— Deus já fez o princípio inteligente com um envoltório?

— Deu a ele condições de atrair fluidos e construir seu próprio envoltório?

— São os técnicos que promovem a elaboração do envoltório fluídico?

Se Deus faz os princípios inteligentes com envoltórios a questão fica simplificada e podemos passar para o passo seguinte, que é o aprendizado.

Caso o princípio inteligente tivesse condições de construir seu envoltório, embora sob a supervisão de técnicos, não podemos considerá-lo tão simples e ignorante como julgávamos que fosse. Ele não seria como uma fita virgem a ser gravada, pois já existiriam em si certos comandos que o possibilitariam construir a sua roupagem permanente. Ele seria como uma semente que traz em sua intimidade o projeto de uma futura árvore, a desabrochar quando o tempo e a ocasião fossem propícios. Essa probabilidade não é muito segura, pois sabemos da impossibilidade de o ser espiritual agir na matéria densa sem um envoltório semimaterial.

Para não ficarmos na condição de um colegial diante de uma prova de múltipla escolha, tentemos observar o plano divino, retirando de sua obra subsídios para entendermos um pouco do pensamento do seu autor.

É a árvore mãe do fruto, ou seria filha deste? Vamos admitir que a árvore é filha do fruto e que, crescida, qual nossos filhos, também gera frutos. Esses frutos, que são nossos filhos, surgem à nossa imagem e semelhança. A semente é a médium da vida, assim como nós somos, no plano que Deus traçou para nós. Deus criou o princípio inteligente, a lei de evolução, a reencarnação...e a lei rege a si sob a regência de Deus.

Seria muito difícil, mesmo para um deus, trabalhar com peças individualizadas. Anotar em diários situações acerca de cada princípio inteligente em seus diferentes estágios de evolução. É mais fácil, racional e lógico criar a lei e interferir em casos específicos que possam fugir ao corpo e ao espírito da lei.

Pensando assim podemos admitir que Deus, conhecedor da necessidade de um envoltório para o princípio inteligente, o tenha equipado com sua roupagem, submetendo-o à lei, que trataria de aperfeiçoá-lo. Quem fez a essência do perfume não pode também fazer o perfume? Quem cria um Espírito não pode igualmente revesti-lo? Deus cria a essência do perfume e o fluido que o contém. Nós, através da lei, fornecemos o frasco para acomodá-lo.

Nestas condições poderíamos conceber a criação do Espírito, ainda em sua fase de princípio inteligente, como "simples e ignorante", passando da sensibilidade para o instinto e deste para a inteligência, em caminhada larga e árdua.

Resta-nos ainda uma questão. Em que ponto da trajetória evolutiva o princípio inteligente desperta ou é despertado, para unir-se ao fluido vital, animando a matéria? Continuando na mesma linha de raciocínio, podemos concluir que ele tem condições de despertar por seus próprios meios, quando suas condições e as do ambiente permitirem esse evento. Bactérias não passam para o estado de esporos e vegetam séculos, esperando condições favoráveis de sobrevivência? A bomba-relógio não explode a tempo determinado? A água não se solidifica quando a temperatura atinge $0^{o}C$ e vaporiza-se a $100^{o}C$? A vida está cheia de eventos que invariavelmente se materializam com a chegada das condições propícias. Não é assim a primavera?

Nessa incursão filosófica podemos então deduzir que: Deus cria o princípio inteligente revestido de um envoltório primitivo, acometido de letárgico sono nos minerais; ao passar pelos cristais, desperta, exercitando-se nos arranjos geométricos, na simetria perfeita, adentrando o reino vegetal para treino da sensibilidade pela porta do vírus, elo entre a matéria bruta e os seres vivos. Aqui vale o lembrete que, para atuar na matéria bruta, o envoltório é indispensável. É sabido que, ao isolar-se um vírus, ele se cristaliza, mas dando-se-lhe condições necessárias (tecido vivo) ele volta à vida. Pela angulação biológica, o vírus não é mineral nem vegetal. É o limite entre a matéria bruta e a matéria viva. Não realizando nenhuma atividade vital como respiração, alimentação, excreção... só consegue viver e reproduzir dentro de células vivas, ou seja, precisa do fluido vital que não existe no mineral para adquirir vida e — uma vez animado — atuar sobre a matéria como ser vivo.

Sabemos que, para o Espírito atuar como encarnado, necessita de um perispírito e do fluido vital que anima a matéria. Como o princípio inteligente, embora com envoltório e desperto, não conseguiria sair da inércia (aparente) do mineral, ele usa o artifício de aliar-se à célula em parasitismo, obtendo assim o fluido que o vivifica. Por esse motivo, ao isolar-se o vírus, ele não tem de onde retirar o fluido vitalizador e retorna à condição original de cristal. A partir dessa condição de "desperto" ele passa a exercitar a plasticidade das formas, a formação dos automatismos, a instalação dos instintos.

Daí para a frente o caminho será semelhante, não importando mais se Deus o criou com ou sem envoltório, com autonomia para despertar ou não; o roteiro terá que ser o imposto pela lei de evolução. (Ver quadro a seguir.)

Ele seguirá a extensa série vegetal e animal. Bactérias, algas unicelulares, protozoários, pluricelulares... até a fase hominal, quando estará pronto para agir conforme a razão, através do livre-arbítrio, conquistando a sua maioridade. Com a fase humana, o princípio inteligente é promovido a Espírito, e surge o homem com seu título de racional, podendo subir às estrelas ou ainda descer abaixo da animalidade onde se situava anteriormente, mas nunca retrogradar.

A ferocidade e a sagacidade de certos animais estão direcionadas à sua sobrevivência, à defesa do seu território, à proteção dos seus iguais. No homem, Espírito imortal, a belicosidade resulta do sentimento de posse, do orgulho, do egoísmo e tantos outros vícios adquiridos na idade da razão, o que parece um contra-senso, uma involução. Nessa fase esquecem e desconhecem, na grande maioria da vezes, os inestimáveis valores recebidos na sua romagem como princípio inteligente, quando habitavam corpos animais, e os perseguem com caçadas e matanças, aprisionando-os como se fossem condenados a sentenças eternas. Resta-nos o consolo de saber que outros lutam pela preservação e bem-estar dos animais, dedicando-lhes carinho e atenção, tal qual cuidassem de irmãos menores e amados.

Certa feita, comentando sobre tais assuntos no Centro Espírita, uma senhora iniciante na doutrina me rebateu dizendo: "O Sr. está querendo dizer que posso ter sido uma vaca?" "Digamos que uma vaca de presépio, e não daquelas que foi para o brejo", gracejei. Esse pensamento às vezes confunde as pessoas. Admitir o início da aprendizagem, apesar de rudimentar, no período pré-humano, introduziria em todos os campos do conhecimento uma revolução sem precedentes. Muitos não estão preparados para esse estágio. Inúmeros sentiriam repulsa em admitir que o princípio inteligente que foram, e que através de mutações gerou o Espírito que são, tenha se exercitado no complexo anatômico-fisiológico de um porco ou de um urubu. Mas é importante lembrar que muitos que rejeitam essa idéia contaminam-se na lama das paixões vulgares, e outro tanto se alimenta da maledicência, da falsidade, do ódio... matéria mental em decomposição que não rejeitam.

É importante lembrar, nessa especulação filosófica, que a evolução é caminho sem volta, no sentido de que as aquisições morais e intelectuais conquistadas por um Espírito lhe são incorporadas como patrimônio definitivo. Mesmo que ele use seus conhecimentos para o mal, estes não lhe são subtraídos. Pode ser que, no caso explícito, o mau aluno fique impedido de utilizar tais conhecimentos, até que aprenda a fazer bom uso deles, mas perdê--los jamais. A propósito disso, afirmamos aqui a completa impossibilidade de retorno de um Espírito, para habitar um corpo animal, como punição ou qualquer outra hipótese, o que seria recuo na escalada evolutiva. Não havendo marcha a ré no motor da evolução, estamos todos submetidos ao determinismo da lei, marcados para crescer.

Sabemos ser o leitor bastante inteligente para tomar nosso pensamento como especulação filosófica, embora embasado em certa dose de lógica. É do pensar filosófico que extraímos muitas pérolas para o colar sem fim do conhecimento.

Explicação do Diagrama

Será que o elemento inteligente estava presente no fluido ou ausente deste?

Se estava presente no fluido, admitamos que ele uniu-se por afinidade formando uma espécie de germe do princípio inteligente.

Esse germe já possuía um envoltório ou não?

Se possuía envoltório, ele despertou por si mesmo ou foi despertado?

Caso haja despertado por si mesmo, iniciou o exercício das formas e a sua aprendizagem rumo à evolução. Se ele foi despertado por um agente externo à sua vontade, o roteiro é o mesmo acima citado.

Caso esse germe não tivesse envoltório, haveria a necessidade da construção de um pelos técnicos. Os passos seguintes seriam idênticos aos descritos acima.

Caso esse elemento inteligente estivesse ausente no fluido, esse germe teria que ser construído em separado, com envoltório ou sem ele...

Segue-se o mesmo raciocínio acima utilizado, para a compreensão do restante do esquema da página seguinte.

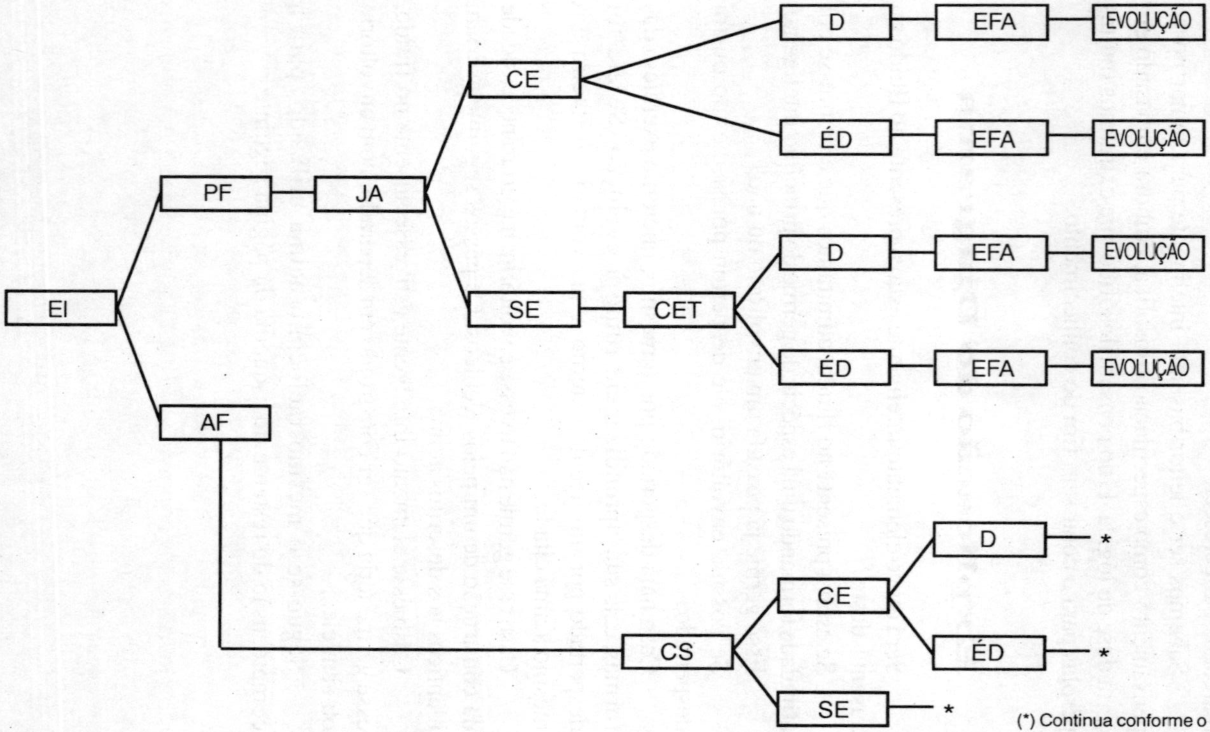

EI Elemento Inteligente
PF Presente no Fluido
A F Ausente no Fluido
JA Junção por Afinidade
CE Com Envoltório
SE Sem Envoltório
D Desperto
ÉD É Despertado
E F A Exercício das Formas e Aprendizagem
CET Construção do Evoltório pelos Técnicos
CS Construído Separadamente

(*) Continua conforme o esquema acima.

14

A POBREZA DE QUEM TRABALHA

Mais vale salvar uma vida humana do que erigir um pagode de sete andares.

Provérbio chinês

Maçã

Nossa alimentação básica era feijão, arroz, farinha, café e pão. Carne e ovos, ou mesmo frango, talvez duas vezes por semana, em tempos prósperos, quando meu pai recebia pagamento. A fruta usual entre nós era a banana. Nem mesmo sabíamos da existência de peras, uvas ou maçãs.

Mas um dia, meu irmão Beto contraiu uma enfermidade intestinal grave que durou vários dias. Minha mãe o levantava da rede e víamos as suas costelas acentuadas em suas divisões, em saliência o esterno.

O primeiro médico meneou a cabeça, disse algumas palavras à minha mãe, que chorava, e se foi. Mas o segundo, um homem de óculos e maleta, aconselhou alimentá-lo somente com o suco da maçã, acompanhado de um remédio cujo nome não lembro mais. Foi então que meu pai apareceu no outro dia com maçãs.

Eu nunca havia visto uma maçã. Era linda! Tinha uma cor vermelho arroxeada e um cheiro tão gostoso, que fiquei o dia todo respirando aquele papel fino, macio e azulado que a encobria. A cada duas horas, e nem sei como minha mãe marcava o tempo, pois não tínhamos relógio, ela descascava uma maçã e dava o suco a nosso irmão. Ficava pensando que delícia deveria ser aquele néctar. Cheguei mesmo, em minha ingenuidade de petiz, a desejar ser o enfermo para sorver aquele líquido.

Mas minha mãe, olhando-nos com água nos olhos, entendia o que ia por dentro dos nossos sonhos e desejos; compreendendo e amando a nossa fragilidade, ao mesmo tempo que penalizada com a nossa miséria, tomou a casca da primeira maçã e nos deu a comer, a todos, pois ela era assim: tudo repartia com os filhos. O meu pedaço era bem vermelho, e ao tocar a minha boca deixou escorrer um suco doce, como fora aquela atitude de minha mãe. Era um gosto diferente do café, do pão, do feijão, de tudo que eu já houvera provado. Era um gosto de chuva, que lembrava nuvem e tinha um odor mais suave que o perfume que nossa vizinha rica usava.

Fui transportado para os sonhos que pretendia realizar quando adulto. Era necessário introduzir maçãs nesses sonhos. Então criei neles plantações de maçãs, jantar de maçãs, merenda de maçãs... Minha mãe parecia entender o meu mundo porque já sobrevivera a muitos dramas de infância, assim como nós estávamos sobrevivendo.

Meu irmão foi melhorando, melhorando, e sarou. Hoje posso comprar maçãs. Nem tantas, sou professor. Posso até almoçar e jantar maçãs por uma semana, mas não me interesso muito por alimentos. Todavia, o perfume que delas exala possui o misterioso poder de transportar-me no tempo, para um tempo que marcou profundamente o meu espírito com suas lições.

A Pobreza de Quem Trabalha

Meu pai trabalhou a vida inteira. Primeiro como funcionário público, aposentando-se com um salário miserável que não nos permitia viver. Ele foi obrigado, então, a abrir um boteco para complementar a nossa alimentação.

Triste é o país onde os velhos, já ultrapassados em força, precisam escravizar-se para sustentar seus filhos. Bastardo é o país onde a riqueza se concentra entre poucos donos, e as mãos dos operários, geradores de fortuna, se enfraquecem sob o peso de leis corruptas. Desgraçado é o país onde a injustiça social reina e governa.

A desigualdade entre os homens, fruto da cobiça e da ganância, começou com muitas vítimas, mais ostensivamente do século XVIII, com o liberalismo, muleta de amparo para o capitalismo escravizante. Defendendo a propriedade privada, a liberdade de comércio e a igualdade perante a lei, transformou o conceito de sociedade, exaltando a burguesia como virtude e o capitalismo como gerador de riquezas para todos, enfatizando a riqueza particular como fator de benefício geral, através da geração de empregos. O homem de negócios passou a ser exemplo de sucesso e referencial benéfico para a sociedade. A riqueza, mostrada como fruto do trabalho e acessível a todos através do seu intermédio, passou a comprar a força do homem sem metal, passando este da escravidão formal para a escravidão disfarçada em benefício. A pobreza passou a ser olhada como fruto do fracasso pessoal, em que a sociedade não tinha responsabilidade, participação ou culpa.

Mesquinho é o país onde o trabalhador sua todo o corpo e ganha apenas pelo suor do rosto. Generalizou-se o pensamento de que os pobres precisavam colaborar na preservação dos ricos e de seus patrimônios, para que estes continuassem dando trabalho, favorecendo-lhes o exercício caridoso. Era necessário trabalhar sem nunca se revoltar, evitando contratempos para os patrões, que não eram culpados de serem ricos, assim acontecendo por vontade de Deus. Aconselhava-se que os pobres tivessem o máximo de cuidado com as máquinas e equipamentos para não quebrá-las, pois Deus, Senhor de justiça, vigiava e castigava aquele que negligenciasse em sua jornada de trabalho, roubando do patrão, que lhe pagava por sua força e tempo integrais. Ao trabalhador aconselhava-se paciência, submissão, lealdade, pois o reino dos céus estava destinado aos pobres e aos mansos.

Essa idéia de que o trabalho incessante e a pobreza levavam à salvação, disseminada pelo protestantismo e pelo catolicismo, muito contribuiu para generalizar a miséria de um lado e a concentração de riqueza de outro, pesagem que certamente não fazia parte da balança divina. Ao apresentar a pobreza como necessidade para a manutenção da riqueza, impunha-se na cabeça do proletariado, mais que uma lógica errônea, uma sentença, perante a qual nada se poderia fazer, senão aceitá-la sem contestações. O pensamento de que salários altos levariam a bebedeiras e obtenção do supérfluo, incentivando a desordem e a indisciplina, foi sutilmente espalhado pelos patrões, chegando mesmo a contaminar expoentes como Malthus e Voltaire, que afirmaram a necessidade de salários baixos, pois elevando-os os trabalhadores não mais se sujeitariam ao trabalho, passando a concorrentes dos patrões, o que prova que homens de gênio também têm seus instantes de burrice.

Mas no século XIX aparece Karl Marx, com seu martelo demolidor de hipocrisias sociais. Marx criticou as teorias que camuflavam as desigualdades sociais vigentes, desenvolvendo as noções de liberdade e igualdade no pensamento liberal, destacando que essa liberdade era fruto da relação de compra e venda. Atacou a igualdade jurídica fundamentada nas necessidades do capitalismo, estabelecendo que a relação de contrato entre patrão e empregado deveria repousar nos princípios do direito, e questionou a dominação que garantia a manutenção e repetição das condições de desigualdade. As desigualdades sociais, manifestadas em um sistema de organização que envolvia uma classe produtora e outra usurpadora, eram desumanas, pois perpetuava a dominação do capital sobre o trabalho.

Por que o trabalho é imposto ao homem? — pergunta Kardec aos Espíritos. "Conseqüência da natureza corporal, meio de aperfeiçoar a inteligência". É portanto o trabalho uma necessidade, mesmo para quem dispõe de capital. Aquele que não trabalha foge ao objetivo da criação, cujo autor trabalha sem cessar. O trabalho é criação divina, a exploração é criação humana. Aquele que trabalha deveria ser o primeiro a usar o fruto do seu trabalho, dizia Paulo, enfatizando a participação na abundância gerada pelo trabalho. Aquele que nega essa participação é um usurpador, e como tal, será tratado pelas leis divinas.

Que pensar daqueles que abusam da sua autoridade para impor aos seus inferiores um excesso de trabalho? — prossegue Kardec em sua pesquisa. "É uma das piores ações. Todo homem que tem o poder de comandar é responsável pelo excesso de trabalho que impõe a seus subalternos, porque ele transgride a lei de Deus." É a resposta clara e inequívoca dos Espíritos. Nivelar o trabalho pelo máximo e o salário pelo mínimo, velho costume brasileiro, é um dos males que precisa ser erradicado. A justiça social, que queima as mãos dos capitalistas e adocica a boca dos operários, há de chegar.

O Espiritismo não pode ficar fora dessa batalha, nem de outras disputas justas. Os espíritas têm o roteiro em seus livros básicos; falta-lhes a organização em clubes, passeatas, partidos, livros, discursos, denúncias... Jesus deu o exemplo de combate à injustiça e, mais que isto, viveu em justiça. Os ideais espíritas devem saltar dos livros para as praças, sem fanatismo nem pieguismo, sem proselitismo nem oportunismo, guiados pelo honesto propósito de contribuir na formação de uma nova mentalidade. É preciso combater as idéias ultrapassadas e injustas com idéias progressistas e justas. O Espiritismo não pode nem deve ficar alheio às questões sociais. Doutrina de luz, deve brilhar como sol de esperança fazendo fulgir o reinado da justiça.

Isso precisa ser realidade, para que crianças como o Beto e velhos como o meu pai não se culpem por serem pobres. Para que milhares de crianças não desconheçam maçãs em plena adolescência, para que a maior de todas as fomes, a fome de justiça, seja saciada. O Espiritismo precisa deixar de ser tímido. De estrutura belíssima, de lógica irretorquível, de esperança envolvente, muito pode contribuir na erradicação da injustiça social. Omitir-se em instantes de luta e renovação em que vivemos é negar a própria essência de que é feito o fermento da luta idealista pela instalação da justiça.

Amigos espíritas: sejamos fiéis aos nossos antepassados e às nossas consciências. O exercício da caridade também abrange a luta, o discurso, a prática, a defesa dos ideais do cidadão, consubstanciados nos direitos do homem. A acomodação nunca foi nem será o nosso lema. O trabalho renovador, sim.

(N.E.) Muito respeitável a posição do autor comentando as bases que o Espiritismo oferece para a conquista da justiça social e sua harmonia. Ficando claro que não será com a organização política do Espiritismo, mas sim com a participação dos espíritas em sua vida política e social, especialmente com os exemplos de retidão de comportamento, moralidade, desprendimento e consciência espírita-cristã.

15

A TELEVISÃO

Não estamos na obra do mundo para aniquilar o que é imperfeito, mas para completar o que se encontra inacabado.

Emmanuel

Brincadeiras

A grande paixão da minha vida quando criança era a bola. Sem brinquedos, o futebol ocupava grande espaço nas nossas emoções infantis, apesar de meu pai ter a opinião extremada de que todo jogador de futebol deveria ter a perna cortada.

Aliás, meu velho era muito severo e revoltado com certas profissões. Para ele, padre deveria ser castrado e a maioria dos políticos lançada de avião em alto mar, algemada e com uma pedra amarrada no pescoço. Mas isso é assunto para uma outra história.

O certo é que tínhamos que ser criativos e inventar nossa própria brincadeira. E éramos bons nisso.

Um dia me ocorreu a idéia de amarrar com linha nylon uma velha carteira contendo papéis e uma metade de cédula, que guardava na esperança de encontrar a outra metade. Esticamos a linha até o outro lado da rua, a escondemos no capim do meio fio, e a deixamos lá, à espera de qualquer vítima. Pegamos mais de cem pessoas com essa brincadeira. Namorados, velhos, padeiros, gente que vinha da feira da Gentilândia com grandes caixotes, e que os colocavam no chão para pegar a carteira. Quando a mão estava para encostar na sorte eu puxava a linha, e então, ó Deus, que frenesi sentíamos, todo mundo se levantava de trás do muro onde a tudo assistia através de buracos, e vaiava.

Certa feita, uma velha saiu correndo atrás da carteira calçamento afora, e eu correndo na frente com a linha. Como a velha era ligeira, tive de fazer muito zigue-zague para salvar o nosso equipamento.

Depois passamos para outra peraltice, mais original. Minha irmã mais velha sabia como ninguém fazer embrulhos e resolvemos aproveitar aquela sua aptidão. Saímos à cata de papel para presentes e, quando fizemos um estoque razoável, colocamos o plano em prática. Juntamos cocos (matéria-prima abundante em nosso quintal e usada em inúmeras brincadeiras), que não prestavam mais, e passamos a fazer os pacotes de presentes, colocando-os um a um do outro lado da rua. Modéstia à parte, os presentes ficaram lindos e ninguém poderia supor o seu conteúdo.

Nessa época éramos onze irmãos vivos, dos dezessete que minha mãe colocara no mundo.

O primeiro a cair no truque foi "Seu João", um preto velho que havia alcançado a época da escravidão e, diziam, já passara dos cem anos. Ele pegou o presente desconfiado, olhou para os lados a certificar-se de que não era vigiado e rasgou a encomenda, sobressaltando-se com o conteúdo. Não tinha jeito. A vaia cantava no ar.

Fizemos muitos pacotes, não muito diferentes dos pacotes que os políticos preparam para o povo. Era gente que guardava em bolsa, que deixava para abrir na outra esquina, e gente impaciente que rasgava logo o papel e se assustava. Mas aquela brincadeira também foi caindo no esquecimento, para surgir o cigarro de papel, e depois a maior gozação foi com o excremento de vaca, brincadeira que fizemos para surpresa dos moleques nossos vizinhos.

Mas tudo mudou quando um dia meu pai apareceu com uma televisão em nossa casa. Há muito assistíamos filmes nos vizinhos, que já andavam cismarentos com nossas gozações.

Adorávamos o Rebelde, Patrulheiros do Oeste, Rim Tim Tim... e a nossa casa se encheu com essas aventuras. A televisão mudou muito nosso comportamento. Embotou a nossa criatividade, nos fez sonhar e desejar brinquedos que nunca tivéramos, mostrou um mundo diferente, do qual só participávamos pelo olhar fixo naquelas vinte polegadas mágicas. Bandeirantes, adivinhações, cantigas de roda, não existiam mais. Fomos domesticados pela televisão. Ficamos viciados, desconhecendo o mundo uns dos outros, ansiosos pela programação do outro dia... até que fugi dela para os livros.

A Televisão

A televisão hoje, e mais que na minha infância, influi na formação da mentalidade das crianças, jovens e adultos, principalmente nos que são muito passivos. Sem o saudável hábito do senso crítico o cérebro transforma-se em absorvente, realinhando e adaptando, ao que já existe, a carga de informações muitas vezes inútil que recebe, sem o devido preparo de ejetar o entulho que lá permanece.

Generalizando a violência e dando ênfase aos aspectos negativos do cotidiano, a TV foge aos propósitos educativos e formativos, exigindo de todos nós um posicionamento crítico e severo, na defesa do que é construtivo. Não sou daqueles que participam da idéia de que a criança não deve assistir televisão. A televisão, o videogame, o computador e outros aparatos que surgirão, fazem parte da vida dela. Penso que pais e responsáveis pelas crianças devem escolher as programações e se possível assistir com a garotada, comentando os aspectos negativos e os conseqüentes prejuízos que elas trazem. Podem ir além. Reunirem-se e exigir das emissoras uma programação adequada e direcionada para seus filhos em determinado horário. Por que a programação de uma emissora qualquer tem que ser imposta ao telespectador? Enquanto aquele que assiste televisão aceita passivamente o que os produtores e programadores lhe empurram, a situação permanece. Se a sociedade exigisse e fizesse um roteiro para a televisão, sob pena de não assisti-la caso não fosse atendida em suas sugestões, teríamos programações realmente educativas.

A ideologia da violência, tão em moda nos meios de comunicação, faz com que ela pareça normal, parte do cotidiano e da luta pela sobrevivência, algo inevitável que temos de suportar. Uma criança com alguns anos de observação da violência que a televisão mostra, através de filmes e noticiários, já não distingue mais se a fonte dos seus medos e fobias é fruto de suas experiências pessoais ou da mistura de imagens violentas guardadas em sua mente, projetadas pela televisão. Desse modo, a criança utiliza de agressividade na resolução de coisas simples, antes resolvidas com conversas e brincadeiras. Vêem filmes com tapas e pontapés, pauladas e sangue, onde os protagonistas levantam-se normalmente, como se toda aquela agressividade nenhum efeito causasse em seus corpos ou Espíritos; então, nessa perspectiva, entram em contendas, descobrindo depois que o murro dói, o sangue escorre, a mágoa fere, o medo machuca. A televisão com sua repetida mostra de violência, faz com que tais cenas sejam aceitas na prática, mudando o referencial das pessoas. Uma cena que me causava aflição e pena em minha infância, hoje não tem mais nenhum efeito sobre minhas emoções por serem banalizadas na tela. O estupro, o linchamento e a pena de morte são aceitáveis, pois as pessoas confundem a violência da ficção dos filmes com a realidade das ruas, sem um limite de separação entre ambas.

Lembro, e isso ficou gravado em minha memória (10/12/83, Jornal Nacional, TV Globo) que um garoto vinha correndo pela rua com um cordão de ouro na mão, e um homem o atacou e matou a socos e pontapés, sob o olhar de todos os passantes, que não reagiram, afastando-se o assassino sem ser molestado. Aquela cena foi aprovada por expressiva maioria de brasileiros desencantados pela impunidade reinante no país e por adeptos dos juízes em causa própria, os que fazem "justiça" com as próprias mãos.

Todavia, a televisão não aprofundou o problema. Quem era o garoto? Onde e como vivia? Qual o impacto da sua morte sobre a sua família? Roubava para alimentar-se e aos seus? Qual a responsabilidade do governo e da sociedade no acontecido? Essa instantaneidade não aprofundada que a televisão usa forma opiniões confusas e sem consistência frente à realidade concreta do mundo.

As pessoas, no contexto atual, não estão muito preocupadas em encontrar soluções pacíficas para resolverem seus dramas, porque a televisão mostra uma violência compensadora e rápida na solução de muitos problemas. Se a violência é normal na ficção televisiva, os homens a extrapolam para a vivência cotidiana, avessos à crítica de seus atos.

Expostas a tudo, as crianças entram em estresse e ficam predispostas a resolver suas discordâncias com agressividade, embotando as qualidades nobres que possuem. A adolescência, época de imitações e modelos, busca de liberdade e contestação de valores, sofre o maior impacto da ideologia da violência disseminada pela televisão.

Nesse detalhe, o Espiritismo oferece potente argumentação para o jovem solucionar seus problemas pessoais, típicos dessa fase, transformando rebeldia em alegria através da dinâmica das mocidades espíritas.

Foi por onde comecei. Ao ingressar na Mocidade Espírita Mário Rocha encontrei o clima de estudo, pesquisa, amizade, companheirismo e fraternidade que sempre busquei. A alegria do violão, os debates fecundos, as brincadeiras sadias me fizeram sair do mundo habitual da indiferença para o mundo real da crença em algo melhor, diferente, sensível e bom. A mocidade espírita é o recanto onde o jovem amadurece e organiza suas emoções, construindo um padrão de comportamento crítico e pacífico. Pacífico não quer dizer passivo nem manso subserviente. O jovem espírita sabe conduzir-se em qualquer contexto, pois o seu estilo de vida prevalece. Usar a auto-crítica, a crítica saudável ao que lhe chega, selecionar, absorver o positivo, participar, crescer em honestidade e justiça são predicados específicos das mocidades, em seu papel de educadoras e formadoras de hábitos.

Se a televisão, que em si não é um mal, nem sempre direciona bem o jovem, os pais, através da sua vigilância; a escola, pela sua pedagogia e filosofia, e sobretudo a mocidade espírita, devem estar alerta no combate à violência sob qualquer máscara que se apresente. A paz é o anseio de todos, mesmo daqueles que nada fazem para construí-la. Trabalhemos, vigiemos e oremos, pois este é o preço da paz.

16

A SOLIDÃO

> Vivo naquela solidão que, sendo dolorosa na juventude, torna-se prazenteira nos anos da maturidade.
>
> *Einstein*

Janelas

Às vezes penso que odeio certas pessoas. Mas começo a repassar as águas turvas do passado sob a ponte do presente e vejo que não é ódio. É mágoa. Porém, em meio às imagens pretéritas misturam-se coisas leves, tais como plumas de pássaros, o verde de uma grande castanholeira que avisto do lugar onde penso, um retângulo azul do céu, e nuvens que passam, passam, formando bandeiras, novelos, espirais... Então observo melhor e identifico que é pena. Pena da espécie humana, da nossa fragilidade, da falta de critérios e prioridades.

Fechados que somos em fortaleza de egoísmo, guardados pelas sentinelas do orgulho, costumamos ver apenas a nós e aos nossos e nos deprimimos quando os nossos pedem, à sua maneira, a independência. Daqui da janela o mundo é apenas uma massa neutra. Na prática, ele é o que quisermos que o seja. Agressivo ou acolhedor.

O televisor do apartamento acima está com o som estridente. No térreo, um homem de consciência desperta plantou cajueiros. Essa dicotomia é própria do mundo. Melhor acostumar-se com ela e não exigir que de coqueiros brotem morangos, pois cada um vê de sua janela apenas a relatividade imposta pelo espectro visual que se lhe impôs.

Quando era criança, gostava de ficar só na janela pensando coisas. Em outros instantes não suportava solidão. Nem sei se foi por gostar de pensar a sós com a vida que comecei a escrever. O que sei é que a solidão me deu grandes lições de vida, dentre as quais a de não temê-la. Com ela construí enorme castelo, cujo interior jamais foi visitado por alguém. Lá guardo muitos sonhos que alimentam meu Espírito, e em muitas ocasiões para ele fujo, inadaptado à companhia dos passantes.

A Solidão

A solidão é o privilegiado momento em que escutamos o nosso próprio coração. Não falo da solidão torturante do depressivo ou daquele que só se completa com a presença de outrem. Falo do instante que nos põe em intimidade com Deus. O momento em que nos afastamos das línguas cansadas para que nossos ouvidos possam repousar ao som do silêncio. Silenciar é falar consigo e ouvir de si próprio aquilo que não se confessa aos outros.

Muitas pessoas não toleram o silêncio nem a ausência de movimentos humanos ao seu redor. Basta que se sintam solitárias para apoderar-se de seus Espíritos enorme sensação de vazio e inutilidade, como se a agitação lhes sustentasse a auto-estima e o instinto de luta. Parecem ter medo de enfrentar suas próprias consciências, adiando esse evento para o dia do juízo final. Para tais pessoas a solidão significa a morte, a falência do afeto, a privação do amor. Mostram desconhecer que são em si mesmas fontes de carinho e afago, desde que saiam de si e da condição de sempre receber.

A solidão não prazenteira é um mal do homem moderno. Ele sente-se só a dois e em comunidade. A maioria que aspira receber, quando nada lhes chega às mãos, angustiam-se por se acharem incompetentes e despreparados para a vida, que em sua ótica é acúmulo. E vem a solidão.

Uma outra parte, que só pensa em compartilhar, se não encontra pessoas afins para suas trocas, entra em depressão por se sentir incapaz de conquistar, de se fazer amar, de sentir um prazer refinado que não seja o dos arpejos da paixão. E chega a solidão.

A pequena parcela que pensa em doar-se, descobre que é fonte de comunicação e afeto e não se decepciona, pois nada espera receber ou compartilhar; se completa na oferta e se alegra na doação. Estes não são solitários. Aprendem a distinguir amor de paixão, caminhando seguros nos trilhos do primeiro. Ao compreenderem que o amor não exige, sentem-se tranqüilos em suas relações, pois aceitam as deficiências do próximo, em atitude dinâmica de sempre auxiliar sem compactuar com o desamor. Esse relacionamento é duradouro, pois assenta-se na sinceridade e na confiança.

Mesmo o egoísta tende a promover-se para o estágio do compartilhamento frente à energia contaminadora da doação. Não foi o que aconteceu a Zaqueu? Ao postar-se frente a Jesus, Zaqueu não optou por compartilhar parcela dos seus bens?

Ninguém é ou está só no mundo. Nossa solidão está cheia de Deus, mas nosso estado solitário depende de como Deus nos olha. Temos um anjo guardião que nos assiste, familiares e amigos desencarnados que nos amam, a natureza com seus milhões de movimentos... Como sentir-se solitário o homem que é Espírito, e que pelo pensamento, cria, chama, modifica, auxilia? Como escravizar-se à solidão, se cada átomo que nos cerca tem uma história que traduz vida e animação? A solidão parece ser a ausência de paz em nós. A consciência pacificada não se deixa arrebatar pela solidão depressiva que induz ao desejo de anular-se. A solidão é fruto da deseducação mental, da postura que adotamos frente à vida.

É preciso entender que, quando estamos sozinhos, no mínimo estamos com Deus. Existirá por acaso melhor companhia? Quando estamos a sós cercam-nos os pássaros, as flores, cobre-nos o azul, envolve-nos o ar, ilumina-nos o sol.

Por que nos sentiríamos sós apenas por uma única pessoa não nos dar a atenção esperada? A vida é incomensuravelmente grande para prender-se a pequenos detalhes. Em se tratando de companhias, tudo depende de nossas conquistas. Se o amor físico nos torna mais jovens, o amor espiritual nos faz mais belos.

Todavia, precisamos estar preparados para os instantes a sós conosco, sob a assistência de Deus. Nesses momentos carregados de silêncio falamos a Deus, que nos encherá a vida de forças e luzes, elevando-nos e sustentando-nos na sublimação de nossos desejos confessáveis apenas para Ele. Temos nossa doutrina, que nos enche de vigor e de amigos. Doutrina que nos amplia a área de atuação para além do mundo material, duplica nossas oportunidades de serviço e de fazer amigos, reduzindo os instantes de solidão. Quem poderia sentir solidão atuando em dois mundos, com dupla caravana de amigos? A vida é comunicação. Não nos tranquemos em nosso interior por pequena monta. As piores grades são as que fazemos para nós com o aço da nossa incapacidade de doar. Sejamos livres, pois o liberto jamais estará só, pela sua própria condição de busca. E como disse Jesus, quem procura, encontra. O Espiritismo é excelente escudo contra a solidão depressiva, pois da solidão prazenteira ninguém precisa fugir.

Deus se sentiria só por não ter um igual ao seu lado? Cremos que a solidão prazenteira de Deus decorre de suas boas obras. E é isso ainda um motivo para o exercício da doação plena, verdadeiro antídoto contra a solidão.

17

A JUSTIÇA

> Quando, em algum país, o governo comete injustiças, então o único lugar onde um cidadão honesto pode viver é na cadeia.
>
> *Thoreau*

Chuva

A chuva está de volta. Ela que tantas recordações me traz, pois tantas vezes me surpreendeu pela madrugada, com suas luzes de relâmpagos e estrondos de trovões. Meu pai costumava dizer nessas ocasiões que ela parecia ser viva, pois deixava para cair às três horas, justamente no momento da nossa viagem para o boteco. Naquela época, meu pai não tinha os cabelos brancos e suas mãos eram rápidas no trabalho.

Às vezes, tocava de sorte pegarmos carona no caminhão caçamba que vinha de Caucaia para levar trabalhadores. De outras vezes, era o jipe do leiteiro com seus imensos vasilhames, e lá ia eu espremido no meio deles.

Mas a chuva não respeitava o caminhão nem o jipe, nem nosso horário de saída. A chuva são as lágrimas das nuvens formadas pelo suor da terra; não precisa respeitar horários. Ela simplesmente cai onde quer, obedecendo a seu interminável ciclo.

Jesus disse: "Deus faz cair a chuva sobre justos e injustos". Isso significa que Deus não usa de discriminação em sua obra. A chuva faz mudar a cor dos campos, molha os passarinhos, enche a corola das flores, deixa gotinhas penduradas na grade da minha janela. Faz aparecer a formiga de asa, assanha a cupinzada, escurece o tempo para torná-lo mais claro. A chuva mata a sede da terra e do povo, e tudo que mata a sede é saudável. O que virá para matar a nossa sede de justiça? Acho que ainda será uma chuva. De leis, de conscientização, de vontade, de fé... mas certamente será uma chuva.

A Justiça

Nada irrita mais ao cidadão honesto que a injustiça. Geradora de revolta e de frustração, provoca na alma atormentada do homem diferentes reações de insegurança, distanciando-o da paz de espírito. Sem justiça é impossível a instalação da paz. Em qualquer angulação, a injustiça é típica das almas mesquinhas e egoístas. Varrida dos planos superiores, só encontra guarida na inferioridade dos mundos regidos pela dor, pois esta é inevitável na presença daquela.

E esse nosso velho mundo, pela omissão das almas boas, mas tímidas, é ainda abrigo seguro da injustiça e da impunidade. Bem instalada na sociedade, na política e no coração de muitos homens, a injustiça é a cruz mais pesada que um país carrega, verdadeiro divisor entre o clima ordeiro e a turbulência da agressão. Onde não há justiça não há respeito aos direitos, e sem o respeito ao que cada indivíduo é e possui, o entendimento não se estabelece, pois é necessário ser muito covarde para aceitar uma injustiça sem combatê-la. O país onde a injustiça tem liberdade, tem muitas leis e grandes penitenciárias que envergonham os cidadãos honestos, pelo desrespeito a umas e inutilidade de outras.

Pertencem à família da injustiça a violência, a impunidade, a corrupção, a guerra, o homicídio... "Bem-aventurados os que têm fome e sede de justiça". Na terra há legiões de famintos, que se desesperam na impotência de não obter o seu alimento. Revoltados alguns, silenciosos outros, de espada em punho aqueles, cada um respondendo ao golpe que leva, à sua maneira, temperando o caldeirão da dor com os condimentos da sua lavra.

Enquanto o cidadão comum, conscientizado de seus direitos e deveres, iluminado pela educação e humanizado pela religião, não reunir-se em assembléias a exigir o reinado da justiça, ela continuará a ser apenas sonho nos corações idealistas. Tal como qualquer virtude, a justiça só comparece quando é chamada, e para isso, como em tudo, é necessário aquele que dê o primeiro grito. "Bem-aventurados os que padecem perseguição por amor à justiça". Jesus jamais cansou de combater a injustiça no meio em que viveu. Foi além, pois ensinava e exercitava a justiça como virtude maior, apenas superada pelo amor. Essas duas virtudes resumem boa parte do que sabemos sobre Deus, sendo-lhe características principais.

Aquele que não combate a injustiça ao seu redor, compactua com ela. Aquele que aceita e segue teorias religiosas que mostram um Deus injusto, parcial e contraditório, também aceita a injustiça e a contradição humana, posto que identifica no próprio Deus essas qualidades sumamente humanas. Deus sendo justiça incorruptível não pode permitir privilégios, nem agir diferentemente para com seus filhos. A cada um, sua lei determina que seja dado conforme as suas conquistas. Daí se conclui a inexistência de perdões gratuitos, de lugares comprados no céu, de destinos pré-fixados por causa de erros alheios.

O que se diz dos deformados de nascença? Dos que morrem

tenros pela fome e a miséria? Daquele é consumido pela lepra e pelo câncer, pela paralisia e pela depressão? Diz-se e ouve-se, pela boca da incoerência e os ouvidos da ingratidão, que é a vontade de Deus. Mas nada injusto pode vir de Deus, justiça por excelência.

Bem dizia Voltaire: acredito no Deus que fez os homens, e não no Deus que os homens fizeram. O Deus que muitos homens conhecem é aquele que eles adaptaram às suas necessidades, ao seu orgulho, ao seu egoísmo e à sua ignorância. Se algo é injusto é contrário a Deus. Se Deus fez um mandamento que diz não matar, não pode contradizer-se ordenando a morte. Se àquele que faz o mal, tornando-se escravo dele, Deus diz que deverá resgatá-lo até o último ceitil, não concederia um perdão a troco de lentilhas, mas nas condições estabelecidas em sua lei, o resgate.

E esse resgate, para ser justo, deve ser proporcional à gravidade da falta, ou seja, ter um termo. Daí se conclui a inexistência do inferno e das condenações eternas. O erro é fruto da ignorância. Uma má ação, praticada às vezes num único dia, não poderia ser trocada por uma eternidade de sofrimento. Para certificar-se de que tal aspecto ficaria bem entendido pelos homens, Deus nos enviou Jesus, que foi enfático ao afirmar: "nenhuma ovelha do rebanho do pai se perderá". Há muitas alegrias quando um culpado chega ao reino dos céus. Isso nos mostra que o propósito de Deus é o resgate de seus filhos, e não a sua perdição.

O homem, não satisfeito com a injustiça que faz, procura transferi-la para Deus, imbecilizando-se e fazendo seguidores imbecis, que despertam aflitos diante da ingenuidade de querer mudar a essência de Deus.

A justiça é uma lei, e como tal está escrita na consciência do homem. Ao aconselhar o amor ao semelhante Jesus nos forneceu a base da justiça, pelo desejo de cada um de ver os seus direitos respeitados. Diz o Espírito de Verdade: "Na incerteza do que deve fazer em relação ao seu semelhante em dada circunstância, o homem se pergunta como ele desejaria que se fizesse para com ele em circunstância semelhante". Com essa regra áurea, ninguém poderá transviar-se, desde que não permita que as paixões terrenas se misturem a esse sentimento de justiça, calcado em sua mente pela divindade.

O Espiritismo, ao transmitir como lei a justiça, o amor e a caridade ("O Livro dos Espíritos", capítulo XI), antecipa a legislação humana, de um tempo em que as cláusulas de quaisquer questões se embasarão nesses guias. Um tempo em que o juiz maior será Deus, e as questiúnculas dos homens serão poucas. Um tempo em que os homens terão poucas cicatrizes, e a pólvora continuará a ser usada apenas em fogos de artifício. Um tempo em que não sei em qual país estarei, ou se haverá países, religiões ou religião. O que sei é que, sob o reinado da justiça, Deus estará à frente, como bom pastor embalando o sonho dos homens. Acredito nisso porque vivo nesse tempo. Um tempo em que o Espiritismo se fixou definitivamente em mim.

18

PAIS E FILHOS

"Honrarás a teu pai e a tua mãe para teres uma dilatada vida sobre a terra que o Senhor Deus te há de dar".

Decálogo, Êxodo, XX: 12

Lembranças

Um dia estávamos eu e meus irmãos brincando na areia em frente de casa, sem nos importarmos muito com as necessidades básicas de outras crianças que estavam conosco, mais pobres que nós. Cada um dizia o que gostaria de ser. Quando chegou a minha vez, eu disse que gostaria de ser o nosso pai, porque no café, o pão dele era o maior.

E como nosso pai estava a nos observar, ouviu o que eu disse, e ficou com o olho cada vez mais brilhante, até que desviou o rosto para o outro lado, escondendo um pequenino lago que estava se formando perto do seu nariz e que ele nunca deixava ninguém olhar. Depois ele saiu de perto de nós e ficou longo tempo em silêncio, sentado perto do velho pé de bugari que ele plantara.

Estava lembrando estas coisas quando o telefone tocou; convidavam-me para intermediar uma contenda entre a família do meu irmão e meu pai, que fora morar com ele. Ele havia vendido a casa em que crescêramos e dado algum dinheiro para cada filho, ficando com a metade para a sua sobrevivência.

Fui visitá-lo. Entrei no quarto, que ficava fora da casa. Quando quis sentar-me, ele correu a trazer-me um jornal para pôr sobre a cadeira, pois uma micose lhe marcava a pele com algumas feridas. Olhei ao redor do quarto e vi velhas camisas rotas e sujas. Era roupa tão antiga que eu nem lembrava a idade. Meu pai parecia não comprar uma camisa nova há anos.

O assunto que íamos começar era muito triste: retirar meu pai do quarto em que morava, pois ele e a família do meu irmão não estavam se entendendo. Perguntei por que ele não ia morar com a mulher para a qual ele comprara uma casa ainda inacabada. Fiquei então sabendo que ela não o queria por ser um velho, e segundo ele, um homem sem esperança na vida.

Meu pai estava triste, e às vezes, durante a conversa, enchia os olhos de lágrimas, e eu também. Botei a mão no ombro dele e tive muita vontade de lhe dar um abraço, mas ele esquivou-se por causa da micose. Não queria que eu me contaminasse. Naquele instante eu senti que não fora bom filho. Mas meu pai pareceu ler meus pensamentos e disse: "você e o Carlos sempre foram bons filhos e eu não queria dar trabalho a vocês".

Lembrei então de muitas oportunidades em que ele se sacrificara por todos nós, andando nas madrugadas, na chuva, ouvindo humilhações de fregueses ingratos. A prata do cabelo dele era um atestado de bravura e de resistência ao sofrimento. Disse então algo ao meu pai, que não revelo aqui por ser um segredo entre nós, e ele comoveu-se, reanimou-se...

Então eu apertei a sua mão, que já não tinha a força de antigamente, e falei: "Pai! Qualquer coisa, me telefona". Mas ele nunca telefonou, com receio de estar sendo um incômodo.

Pais e Filhos

Pais e filhos são personagens de muitas emoções nas páginas do livro da vida. Cada qual tem deveres e obrigações. Aquele toma como missão a criação e a educação deste, no que não deve medir esforços para bem cumpri-la. Aos filhos cabe, como cita o evangelho, honrar os pais, assisti-los na velhice, cobri-los de cuidados, pois se Jesus aconselhou amar aos inimigos, muito mais diria desse amigo que nos trouxe à matéria para a conquista do progresso.

Na qualidade de doutrinador tenho visto muitas vezes o sacrifício de pais no plano espiritual, para resgatar filhos transviados. Lembro-me de um alemão, chefe de falange trevosa, que parecia imune a qualquer abordagem evangélica, estremecer pela lembrança do pai. Quando ele falou que perdíamos nosso tempo lendo aquele livro idiota, tomei o evangelho de cima da mesa e o coloquei a sua frente. Ele sentiu-se mal com o intenso brilho do livro. Abri o evangelho na penumbra da sala e disse: "por que você tem medo desse livro?" Ele desconcertou-se com a página, que não víamos por causa da pouca luminosidade, mas que ele leu para nós em gesto incontido. "A ingratidão dos filhos e os laços de família". "O que é isso!? Eu não fui um filho ingrato... Como você sabia disso?..."

Aquele era o seu ponto vulnerável. O remorso por ter abandonado os pais. Os velhinhos ficavam em casa sob neve cerrada, sem ter alimentos, sem poder sair, sem fogo na lareira... e ele na farra. A lembrança do casal de velhinhos abriu larga fresta naquele coração duro por tantas maldades. Coloquei suas mãos (as do médium) sobre o evangelho, pois ele, em gesto brusco, o afastara de si. Então elas começaram a queimar e a gravar na pele o texto sobre a ingratidão. Conversamos algumas vezes. Por fim, veio falar de seus pais. Havia conversado com eles, que em lágrimas oravam em agradecimento a Deus pelo arrependimento do filho. Disse-nos que o Sr. Bezerra lhe trouxera aquele livro que lhe queimara as mãos e o dera de presente a ele, afirmando-lhe a sua amizade e encorajando-o a não ter medo de dizer o que sentia para o doutrinador. Ele não teve.

Apesar de ficar no ambiente do Centro Espírita por mais de um mês, sem coragem de fugir, pois as portas estavam abertas para ele, não sabia ainda o que fazer. Já conseguia ver plantas e flores, pois antes só divisava destroços e fumaça. Estava precisando ficar só e pensar. A figura do pai orando não lhe saía da cabeça, pesada pelo remorso. Seu pai o perdoara, mas ele não se perdoava pelo abandono imposto àquele velho indefeso na neve.

Despedimo-nos amigavelmente. Sr. Bezerra (era como ele chamava o Dr. Bezerra de Menezes), que por si mesmo lembra e traz a vibração de amor paterno, o levou para a reconstrução de si mesmo.

"Todavia há pais que se descuidam dos seus deveres, e não são para os filhos o que deveriam ser. Mas é a Deus que compete puni-los, e não aos filhos." Esse lembrete, contido em "O Evangelho Segundo o Espiritismo", deve desarmar-nos de toda a agressividade para com os pais, que às vezes, por ignorância ou por egoísmo, ou ainda por amor deseducado, não desempenham bem a missão que lhes foi confiada. O pai deve lembrar que aquele ser que ele chama de filho, antes de ser seu, é filho de Deus. Da mesma maneira o filho, a quem o pai deve cuidados, não pode esquecer que existe um pai maior a quem ambos, pai e filho, devem respeito. Os dois possuem um mesmo pai, Deus, o que os torna irmãos na família universal. Essa relação pai-filho, que se inverte às vezes pela reencarnação, amorosa ou desarmônica, obedece a planos pré-estabelecidos no espaço, visando sempre ao progresso espiritual de ambos. As características desse relacionamento devem ser a confiança, a amizade, o companheirismo e a orientação sadia diante da imaturidade de uma das partes.

Para a criança, o pai é o primeiro herói. E dói muito quando o herói se acovarda diante de algum drama, mostrando fragilidade e insensatez. O pai não deve mostrar-se como modelo para o filho, mas apontar um modelo ideal que é Jesus. Se o referencial da família é Jesus, o relacionamento terá grande possibilidade de sucesso, mesmo com os eventuais tropeços típicos de nossa inferioridade, principalmente quando temperados por lembranças de um passado censurável.

Amemos nossos pais, sem compartilharmos de seus deslizes. Ajudemo-los sempre na condição de filhos e amigos, pois esse é o nosso dever.

O Espiritismo, como doutrina que explica harmonias e antipatias entre pais e filhos, trazendo em seu bojo seguro roteiro para fortalecimento das primeiras e superação das segundas, constitui-se em indispensável auxiliar para a estruturação da família em bases rochosas. Somos todos espíritos de muitas romagens sobre a terra. Amor e ódio prendem inúmeros viajantes uns aos outros, a constituírem famílias amorosas (afins no amor), odientas (afins no ódio), e turbulentas (amor e ódio). O amor vai pacificando o ódio e o ódio vai fortalecendo o amor em seu exercício.

A Doutrina Espírita explica a relação familiar, abrindo-lhe o cofre da compreensão e a razão da sua existência. Aponta o amor como antídoto de qualquer patologia moral e lhe põe remos fortes para a travessia de mar revolto, bússola certeira para o encontro de porto seguro.

O pai espírita traz a consciência da sua missão e o filho espírita a consciência de sua gratidão. Ambos, pai e filho, trazem a consciência de sua religião. O Espiritismo, como doutrina do homem integral, clareia o mundo pela chama luminosa que direciona a família no rumo dos planetas sem guerras. Mas meu pai não era espírita. Contudo, sempre entendeu o espírito do Espiritismo, e isso nos tornou mais amigos.

É assim a vida. Cheia de cercas. É assim o Espiritismo. Cheio de escadas.

19

O BOM HUMOR

O dia mais irremediavelmente perdido é aquele em que não rimos.

Chamfort

A Marmita

Só alguns anos após a inauguração do boteco (05/01/55) é que, muito raramente, tomávamos o ônibus para levar o almoço do nosso pai. Era um lotação marrom com uma grande faixa branca no meio. No seu interior o trocador andava de um lado para o outro, com uma das mãos cheia de fichas e a outra com cédulas dobradas, de modo a facilitar o pagamento da passagem e o troco aos passageiros. Ao lado de cada cadeira existia uma abertura que podia ser selada por uma janela de madeira, quando era presa por um ferrolho na parte inferior.

O ônibus estava sempre cheio de alunas da Escola Normal, com suas saias avermelhadas e blusas brancas, alegres que eram, quando em bandos; qual aves folgazonas, quebravam a rotina sufocante do empilhamento de seres humanos levados como gado para a sentença condenatória. Muitas levavam longos cadernos que ficavam, não raro, presos após sua passagem pelas barreiras humanas.

Lembro-me de uma vez em que o arame de um caderno ficou preso à braguilha de um rapaz que, para fazer gracejo, disse: "Olhe! Você que prendeu o caderno aí, que o tire". A mocinha ficou envergonhada, sem saber o que fazer, até que ele devolveu aquilo que não lhe pertencia.

Aliás, gracejo era o que não faltava. Quando o ônibus passava sobre uma depressão do calçamento, provocando desequilíbrio entre os passageiros, sempre aparecia um gaiato para dizer: "Cuidado motorista! Aqui vai ovos".

Mas o motorista também era animado, apesar de escaldado pelo vapor telúrico do motor. Quando ele ultrapassava o ponto de descida de alguma velha e esta o agredia com palavrões, a resposta irônica estava sempre na agulha: "Ora madame, a senhora não paga nada por esse pedaço andado a mais".

Como éramos pequenos, nos perdíamos naquela confusão. Mas meu irmão casualmente descobriu uma maneira de afastar as pessoas que nos prendiam em seus redemoinhos. Quando a confusão apertava, ele encostava a marmita quente nas pernas das alunas, e eram gritos seguidos de afastamentos. Com a queimação é que conseguíamos, a partir de então, respirar melhor e economizar os pés quase sempre feridos por topadas.

Aquele meu irmão (Beto) era um craque em gozação. Magrinho e sorridente, levava jeito para palhaço, fazendo par comigo nas gozações.

Quando íamos à missa (o que ele não gostava), via na mulher que colhia oferendas para Nossa Senhora de Fátima uma "macaca capturando borboletas", devido ao saco preso à longa vara que ela trazia.

Quando o padre dizia: "dai-nos a paz", ele sempre ouvia: "dai-nos rapaz". Depois saía dizendo que eram as mulheres que davam essa resposta. E passávamos toda a missa a caçoar, imitar e criticar o senta-levanta a que éramos submetidos.

Hoje ele conserta TV e é o melhor de todos nós. Parece ser o mais manso e pacífico, superior àquela velharia toda que rezava mas não gostava de criança nem de pobre.

E foi assim que aprendemos a abrir fileiras na multidão. Com o sagrado fogo da marmita, posto que meu pai só gostava de comida quente; minha mãe mandava por nós, soldados do fogo e da alegria, a brasa encaixotada.

O Bom Humor

Uma das virtudes que mais admiro no ser humano é o bom humor. Apesar de ter "cara de padre", como dizem meus amigos, o jeito de me expressar meio moleque, com constantes gracejos, faz algumas pessoas no Centro Espírita pensarem que extrapolo com minhas piadas. O piegas, o falso moralista e o pseudo-santo podem considerar-me inoportuno e até inconveniente certas vezes, mas Espírito algum jamais me chamou a atenção sobre a minha maneira de conduzir o grupo ou conduzir-me durante os trabalhos. Certas pessoas confundem cara fechada com sobriedade, puritanismo com elevação espiritual, depravação com alegria, molecagem com bom humor.

O Centro Espírita é um local de manifestação de alegria, não comportando quadros lúgubres e lastimosos nem o clima fúnebre que constrange o visitante pela palestra melodramática de entonação espasmódica. As pessoas da casa espírita não necessitam apresentar o ar sisudo, grave e compungido dos artistas em cena, pronunciando frases eivadas de soluços e gemidos, na esperança de convencerem pela representação imperfeita. Precisam ser sinceras e alegres, pois o Espiritismo é uma doutrina de alegria e de esperança. Não aconselhamos o anedotário vulgar, o deboche, a vulgaridade. Endossamos o ânimo, o otimismo, a esperança, o bom humor, a alegria. Por que alguém necessita falar do Evangelho com voz lacrimosa, cavernosa ou cantante? O Evangelho é o mais alegre e bonito hino à vida que já foi composto. Por que carregá-lo de entonação sofrida, de espasmos, gritos histéricos? Muitos dos que repreendem o riso no rosto de um irmão põem lágrimas nos olhos de seus circunstantes. Os Espíritos são alegres pelo bem e o trabalho que fazem. Não precisam chorar nem fazer sacrifícios ou jejuns físicos para provarem o seu amor a Jesus. O clima de velório não condiz com a casa espírita, mas o ar festivo da primavera sim.

Aquele que recebe o enfermo e se entristece com ele quando o problema é exposto, contaminando-se pela enfermidade, não está sabendo ajudar. Aquele que se envolve a ponto de tornar-se cúmplice na tristeza ou na depressão não está apto ao trabalho. Alguém que despede a sua alegria ao primeiro sinal de tristeza de outrem não pode auxiliar, pois já não possui mais aquilo que deveria ser doado. Temos então dois enfermos a necessitarem de auxílio. Atendamos ao triste e ao que odeia, mas conservemos a nossa alegria e a nossa paz. Visitemos leprosários, hospitais, presídios... mas guardemos nossa saúde e nossa esperança, pois outros precisam delas.

A Doutrina Espírita não apresenta motivos de constrangimento frente ao otimismo com o qual devemos encarar a vida. Não nos proíbe as risadas gostosas nem as brincadeiras entre amigos, as comemorações, os eventos festivos, a operação plástica, a roupa da moda, o divórcio, o sexo... Doutrina de liberdade e de libertação, coloca-nos frente à responsabilidade própria que a vida exige, aconselhando a assumirmos com firmeza as diretrizes delineadas pela nossa consciência. Lembra-nos que somos lavradores da nossa gleba, da qual devemos zelar com adubo e irrigação necessários a uma boa colheita. Enfatiza que se as ervas daninhas sufocarem nossa plantação, não culpemos o tempo, a natureza ou a Deus, pois o lavrador recebe o salário estipulado pela justiça, embora mesclado de misericórdia.

É, como tenho dito repetidas vezes, a doutrina da responsabilidade individual. Portanto, ao adentrar a casa espírita, façamo-lo com o respeito que ela exige, mas com a alegria de que ela precisa. A simples vibração da alegria já neutraliza inúmeras doenças e fobias.

Diante do irmão cabisbaixo e cismarento, procuremos elevar-lhe o clima psíquico, mostrando que tudo na natureza é motivo de alegria e confiança. Quem seria capaz de desconfiar que o sol não despontaria no céu no próximo dia? No entanto, há um lugar e uma hora para cada evento da nossa vida. Se no templo espírita cabe o riso, também cabe a lágrima do aflito. Espaço onde a amizade reveste as próprias paredes, ali deve iniciar o resgate da alegria pela alegria, pois impossível é o retorno desta, puxada pelas cordas da tristeza. Servir a Jesus não é motivo de rara beleza e alegria?

O Espiritismo é uma doutrina de entonação multicor. Sem aparatos teatrais, centraliza o estudo e a prática no Espírito imortal, levando cada indivíduo a conhecer a si sem fechar-se em si, estimulando a fraternidade e o progresso espiritual. Seus preceitos morais apontam as virtudes, a dinâmica do instruir e exemplificar. Esclarece sobre a existência dos mentores (bons Espíritos) e dos obsessores (Espíritos ignorantes e vingativos), do carma e das vidas sucessivas. Define Deus como suprema bondade e justiça, causa e manutenção da lei, verdade absoluta. Aponta Jesus como o Espírito mais perfeito que encarnou na terra, guia e modelo para seus habitantes, e o Espírito Santo como a falange de Espíritos que auxilia a evolução da terra. Ao adotar como lema: "Fora da caridade não há salvação", colocou o amor como diretriz maior de todos os seus postulados, síntese e culminância da vivência dos seus aprendizes. Não é a caridade o amor em movimento? Por todo esse embasamento, o espírita não tem motivos para lamentações hipocondríacas, mas para alegrias renovadas.

Portanto, estejamos certos de que a felicidade gosta de demorar-se onde reina o bom humor. Carranca e pieguismo não rimam com Espiritismo. Mas bom humor e otimismo são as rimas ricas do eterno poema do Kardecismo.

20

CICLOS

Nao há autor, ainda que humilde, que alguma vez não sirva, pelo menos como testemunha de sua época.

Fouché

O Calango

Meu pai era como um cofre que guardava grandes valores. Sempre fechado em sua austeridade. Quando alguém contava uma piada jocosa na esperança de ver-lhe expostos os maxilares, geralmente ficava sem jeito ante o seu olhar sisudo. Dançar, não gostava. Beber, muito menos. Fumar, nem se falava. Gostava de trabalho e de silêncio.

Às vezes eu o observava em sua impenetrabilidade. Seu mundo parecia muito grande para mim, o que descobri depois ser o oposto. Com ele aprendi um pouco da rudeza que passei para meu filhos, junto com a ternura que aprendi com a vida. Mas essa ternura só veio a expressar-se quando compreendi o mundo do meu velho pai.

Ele gostava dos filhos, mas não sabia demonstrá-lo. Sua rudeza era o seu amor ao inverso e o seu inverso era como a casca do ovo, protetora mas frágil.

Descobri isso quando um dia estava no colégio; ao tocar a sineta para o recreio, alguém me avisou que meu pai estava a minha procura. Assustei-me. Nunca familiar algum viera falar-me na escola. Então, dirigi-me à frente da rua e o encontrei com pequeno pacote na mão. "É para você" — disse-me. Abri. Era um pequeno doce para que eu merendasse. Era assim o seu mundo. Ele tinha medo de que a ternura atropelasse a sua rudeza, tornando-o frágil e vulnerável.

Mas um dia meu pai estava próximo à mesa quando um calango, caindo do telhado, assustou-se e correu em sua direção entrando pela boca de suas calças. Então meu velho segurou a perna da calça mais acima e começou a pular em bailado nervoso e desengonçado, terminando por correr em direção ao banheiro para expulsar o inesperado hóspede. Ficamos todos pulando e gargalhando do acontecido.

Quando pensávamos que íamos receber extensos sermões ou reprimendas, eis que meu pai sai do banheiro sorrindo, segurando o finado pelo rabo, e diz para minha mãe: "Olha, mulher! Ele quase arranha o que é teu".

Ciclos

A palmeira perguntou ao vento quando seria a próxima
[chuva.
E o vento perguntou às nuvens quando elas se carregariam.
As nuvens indagaram então aos rios quando lhes mandariam
[água.
E os rios interrogaram ao sol quando a evaporação seria
[mais forte.
E o sol perguntou à palmeira quanta chuva ela suportaria.

Pai! Já que a vida é um ciclo, espero encontrá-lo em uma outra vida, um outro tempo, onde não precisemos romper madrugadas sob a chuva e retornar para casa com as estrelas. Você é a personagem maior deste livro, que nem sei se lhe chegará às mãos um dia. Lembro-me de você dizendo: " 'O Evangelho Segundo o Espiritismo' tem muita coisa certa". E tem mesmo, eu verifiquei. Portanto, pai, o poeminha é para você. Foi escrito no tempo em que morávamos juntos e você nunca perguntava o que eu escrevia tanto. Quem sabe um dia, você, a mãe, a Cleide, a Osmarina, eu, o Iram, o Zeca, a Iolanda, a Verônica, o Beto, o Gilberto, a Betinha e a Sandra nos encontremos para uma nova jornada?

A vida é uma aventura sem fim. Que Deus nos permita voltar para novas histórias, novos ciclos, novas sagas, até que a evolução nos leve para outra casa.

Esperemos confiantes. Deus, que nos sustentou até hoje, não nos faltará amanhã.

21

Conclusão

Pérolas da infância é um livro diferente. Mostra o lado humano da vivência cotidiana, aliado às aspirações de crescimento do Espírito. Enfoca o mundo da criança e o projeta para o futuro, onde as estrelas se aglomeram. Foi maravilhoso escrever sobre a minha infância, que apesar de rude, estava repleta de valores espíritas. O pensamento sobre o além sempre esteve presente, mesmo indo à missa, a conselho de minha mãe, onde padre Gerardo nunca sabia, ou nunca queria responder às minhas perguntas.

As aventuras aqui descritas são as mesmas de outras crianças pobres, encarnadas em país rico, de injustiça social, entre outras coisas. O cenário onde precocemente fiquei adulto foi o boteco do meu pai, onde de tudo acontecia: lutas corporais devido a bebedeiras, notícias frescas sobre o último roubo ou assassinato, até freguesas com miniblusas deixando aparecer parte dos seios, quando então eu e meu irmão disputávamos o atendimento para poder observar melhor a anatomia. Essas freguesas eram prostitutas que passavam o dia esperando clientes em dois cabarés vizinhos (hoje motéis).

Ao contrário do que meu pai pensava, aquilo me trabalhou a

sensibilidade e foi me tornando um curioso sobre a vida e suas desigualdades. Quando entrei na mocidade espírita, já levava vasto material de pesquisa a ser trabalhado pela doutrina, o qual, conferido, em nada mudou, devido à interpretação correta que lhe impus.

A minha infância foi como um mar generoso. Cheio de pérolas. Não teve o luxo da matéria. Mas sabe-se que isso é ganga para o Espírito. As pérolas que devemos juntar em nosso alforje são a força, o ânimo, a coragem, o trabalho, o estudo, a disciplina, a caridade... coisas a que o Espiritismo com suas lições maravilhosas dá prioridade, em nosso aprendizado. Ninguém, absolutamente ninguém, pode dizer-se rico sem possuí-las, nem pobre para adquiri-las. Para isso é necessário lançar fora o "ouro de tolo" da acomodação, do orgulho, do egoísmo e da ignorância. Esse é o convite que o livro nos faz em particular, repetido pela vida diariamente. Trocar nosso ouro falso pelas pérolas da eternidade.

Se ainda fosse criança, por certo eu diria:

"Troca, besta! Tu sai ganhando".

Conheça também os livros básicos da Doutrina

O Livro dos Espíritos
Tradução: J. Herculano Pires
(13,5 x 18,5 cm)

Os Espíritos anunciam que os tempos marcados pela Providência para uma manifestação universal estão chegados e que, sendo os ministros de Deus e os agentes da sua vontade, cabe-lhes a missão de instruir e esclarecer os homens, abrindo uma nova era para a regeneração da Humanidade.
Allan Kardec

O Livro dos Médiuns
Tradução J. Herculano Pires
(13,5 x 18,5 cm)

Guia dos Médiuns e dos Doutrinadores

Contendo o ensinamento especial dos Espíritos sobre a teoria de todos os gêneros de manifestações, os meios de comunicação com o mundo invisível, o desenvolvimento da mediunidade, as dificuldades e os escolhos que se podem encontrar na prática do Espiritismo, em continuação de "O Livro dos Espíritos" por Allan Kardec.

Pedidos à Editora EME. Fone (019) 491-3878 - Fax (019) 491-2165